捜査官は愛を乞う

contents

illustration：小山田あみ

捜査官は愛を乞う

スーツのポケットの中でスマートフォンが鳴ったのは、自宅マンション・ディアメゾン篠森《しのもり》の集合玄関をくぐった瞬間だった。

空《あ》き室が出ると、不動産屋が蔦《つた》の絡まる外観や幾何学《きかがく》模様が多用されている内装を「同潤《どうじゅん》会《かい》風のレトロな味わい」などと広告しているが、実際はただ古いだけのタイル張りのエントランスに電子音が跳ね返って反響する。篠森瑞紀《みずき》は立ち止まり、スマートフォンを引っ張り出す。液晶画面には「松中《まつなか》課長」の文字が表示されていた。

「はい、篠森です」

『高田馬場《たかだのばば》のホテルで殺しだ』

「……課長。俺は、国際犯係の篠森です。お掛け間違いではありませんか？」

『間違えてない。お前に掛けた』

「では、今回は強行犯係の手伝いですか？」

『いや、お前らのチームだけで担当してもらう。強行犯の連中は、もうパンク寸前だからな』

「しかし、殺し……ですよね？」

『被害者《ガイシャ》は外国人で、被疑者は自首している。お前含め、元捜査一課が三人もいるんだ。問題ないだろう。つべこべ言わずに、さっさと行け。命令だ。今から住所をメールで送る』

「了解です。すぐ向かいます」

命令だと言われると条件反射的に服従してしまう自分に微苦笑して電話を切り、篠森はスマートフォンをポケットにしまう。

そのまま数歩進んで、二十四時間対応の管理人室のインターフォンを鳴らす。間もなく日付が変わる時間だったが、くすんだ色の鉄扉がほどなく軋《きし》みを上げて開く。

「ああ、篠森さん。お帰りなさい」

勤務中の仕事着スタイルである紺のエプロンをつけた管理人・白石誠一《しらいしせいいち》がドアの向こうから顔を出し、人好きのする笑顔を浮かべる。

「帰ってきたつもりだったんですが、今、呼び出しを受けてしまって」

篠森は、誠一に苦笑を返す。

「次、戻ってこられるのがいつになるかまだはっきりしないので、玲於奈《れおな》のこと、お願いします。帰宅の日時がわかったら、連絡しますので」

「はい、はい。お任せください」

「よろしくお願いします」

頭を下げ、エントランスを早足で出ようとしたとき、ふいに背後から誠一が「篠森さん！お伝えし忘れたことが」と小走りで追いかけてきた。

「お仕事中にお報《しら》せするほどのことでもないと思ったので、お帰りになったときにお話しするつもりがうっかりしていました。今日の夕方、篠森さんから帰りが遅くなると連絡をいただいた少しあとに、こちらへ篠森さんを訪ねて来られた方がいたんです」

「俺を？」

「はい。でもですね、気づいて応対窓から声を掛けたのが、浜岡《はまおか》さんのところのチビちゃんたちでして。女房が台所に立っていて、僕が屋上の掃除に出ていたときだったので」

浜岡は四階に住む若いシングルマザーで、キャバクラ嬢だ。今晩は休みの予定のはずが急なヘルプを頼まれたとかで、六歳の双子《ふたご》姉妹を管理人室で預かっているらしい。

「で、チビちゃんたちが言うには、その訪問者はユーリさんと仰《おっしゃ》る王子様で、篠森さんをお迎えに来たそうなんです」

もう九月に入ったのに、夏の熱波が東京を去る気配はない。毎日、頭が茹《ゆ》だっているせいか、昭和で時間がとまっているような古くさいタイル張りの空間にはまるでそぐわないメルヘンな話を脳が処理するのに、少し時間がかかった。

「……王子が俺を迎えに？」

王子様が迎えに行くのは「お姫様」と相場が決まっている。

篠森は母親譲《ゆず》りの中性的な顔立ちをしていて、血筋を遡《さかのぼ》れば祖先は本物の「お姫様」だらけだ。だが、篠森自身はただの一庶民《いちしょみん》だ。一応、刑事のかたわら、祖父に押しつけられたこのマンションの大家業もしてはいるものの、何しろ竣工《しゅんこう》が半世紀近く前の、全十二戸の築古物件だ。家賃収入は、維持費《いじひ》や税金、二十四時間対応でうさぎの世話が可能な管理人として雇った白石夫妻への給与支払いでほぼ消える。

お姫様でもセレブでもない自分を、なぜユーリ王子とやらが迎えにやって来るのかまるで訳がわからず、かくんと首が傾《かし》ぐ。

「まあ、王子と言っても、さすがに自分でそう名乗ったのではないと思いますが……。おそらく、六歳児の目には王子様だと映《うつ》るくらいの魅力的な男性だった、ということなのでしょう。とても背が高くて、格好よかったそうですから」

誠一は苦笑して肩をすくめた。

「チビちゃんたち、ぽ～っとしちゃって、王子様、王子様としか言わなくて。日本人か、日本語の話せる外国人かもはっきりしないんですが、心当たり、ありますか？」

「いえ、まったく」

王子様はもちろん、「ユーリ」という名前の知り合いもいない。浜岡家の双子が名前を聞き間違えた可能性もあるだろうが、そもそも篠森には、家を訪ねてくるほど深いつき合いのある者がいない。

「そうですか。では、とりあえず、しばらくは人の出入りに気をつけておきますね」

もしかしたら、都心に近いこの土地を売ってほしいとたまに現れる業者の人間かもしれないと思いながら、篠森は「お願いします」と微笑した。

松中からのメールで伝えられた住所の近くでタクシーを降り、路地の角を歩いて曲がると、夜の闇《やみ》の中でたくさんの赤い光が輝いていた。警察車両の赤色灯や、車や野次馬の整理に当たっている制服警官が持つ誘導棒が放つ光だ。

スーツのポケットから取り出した白手袋を嵌めながら、篠森は「立入禁止　KEEP　OUT」と書かれた黄色いテープをくぐる。自分に気づき、軽く頭を下げてくる機動捜査隊員や鑑識係員に篠森は目礼《もくれい》を返し、殺人現場となったビジネスホテルへ入った。

篠森のマンションよりも古そうなホテルだった。フロントや廊下の防犯カメラは、見る者が見ればすぐにわかるダミーなので、経営状態はあまりよくなさそうだ。そんな観察をしつつ目的の部屋へ向かう。

ちょうど、検視官が遺体の見分を終えたところだった。ダブルベッドが置かれた広めの部屋には、署に隣接する独身寮を住まいにしている梅本孝宏《うめもとたかひろ》、高林陽平《たかばやしようへい》、虎屋正成《とらやまさなり》、桃園秀明《ももぞのひであき》の四人の部下が皆、揃っていた。

「遅くなってすまない」

篠森の発した声に、スーツの上着に捜査腕章をつけた格好で、床の上に横たわる遺体を囲んでいた部下たちがいっせいに振り向く。

「お疲れ様です、係長」

やわらかい声でそう言ったのは梅本だ。篠森よりも四歳年上の三十五歳。チームの中では最年長の巡査部長だ。

篠森は梅本の捜査員としての能力を信頼しているし、物腰の落ち着いた雰囲気が高校生時代の恩師に少し似ているというごく個人的な理由で親しみを覚えてもいる。だが、一見して柔和《にゅうわ》な印象が強く、貫禄《かんろく》に欠ける梅本の風貌《ふうぼう》は、凶悪犯罪が管内で日々多発する新宿北署の刑事には似つかわしくないと目されることが多い。

もっとも、署内で最年少の三十一歳の係長である篠森もそれは同様——否《いな》、チームの中で最も刑事らしくないのは篠森かもしれない。

職業柄《がら》、身体鍛錬《たんれん》は怠《おこた》っていないものの、一七三センチの体躯《たいく》は元々着痩《きや》せをする上に、母親譲りの色の白さと繊細《せんさい》な容貌のおかげで実際以上に華奢《きゃしゃ》に、下手《へた》をすれば儚《はかな》げにすら見られてしまうのだから。しかもここ最近は、忙しくて伸びっぱなしになっている髪のせいで、課長の松中に「アイドルにでも転職するつもりか？」と渋い顔をされる始末だ。

「被疑者、自首したんだって？」

篠森は遺体に手を合わせてから、梅本に問う。

ベッドの上で胸の中央を一突きされて死亡しているのは、白人男性。おそらく、三十代のなかばほどだろう。長身でがっしりとした骨格。癖《くせ》のない金髪に広い額、角張った印象を受ける顔立ち。ゲルマン系だろうか。

「はい。午後二十三時十九分に、駅前の交番へ自首しています。被疑者は瀬戸柚子《せとゆずこ》、二十八歳。

ガイシャとは男女関係にあったそうです。勤務先は八丁堀《はっちょうぼり》にあるツルフジという貿易商社とのことです。取り乱していて、詳《くわ》しい聴取が難しい状態でしたので、すでに署へ引致《いんち》しました」

そんな報告を聞きながら、篠森は頷く。

篠森は新宿北署刑事課国際犯第三係を率いる警部補で、国際犯係は本来は外国人犯罪の捜査を担当する部署だ。だが、第三係に限っては少し事情が違う。元々が署長の発案で、篠森を含め、二、三十代の若手と民間から中途採用された専門捜査官を集めて新たに創設された、いさきか実験色の強いチームだ。だから、よく言えば「柔軟な対応が可能な係」であり、有り体《あてい》に言えば係も課も跨《また》いであちこちで猫の手にされる「何でも屋」だった。

「聴取もできない瀬戸の取り乱しぶりも厄介《やっかい》ですが、ガイシャのほうも色々と厄介でして。ガイシャはこの部屋に昨日から十日間の予定で泊まっている客で、宿泊者名簿によるとマリオ・ロッシ、三十二歳。国籍はイタリア、職業はフリージャーナリストとなっていますが、瀬戸の話では結婚詐欺師《アカサギ》だったようで」

梅本が言って、高林に目配せをする。高林は手帳をめくって、報告を始める。

「詳しい分析は署に戻ってからになりますが、押収した瀬戸のスマホに残っていたメールをざっと調べたところ、瀬戸は海外旅行が趣味で、去年の八月にパリで取材中と称するマリオ・ロッシと出会い、恋仲になったようです。ひと月ほど前から、マリオの仕事の拠点《きょてん》を東京に移す話が出ていて、その資金を五百万ほど瀬戸が貸す予定だったようで、今回の来日は事務所や住居を決めることが目的だったみたいですね」

「五百万はガイシャに渡っているのか？」

「最後のメールが一昨日《おととい》の、細かいことは会って決めよう、という内容だったので、実際に金が動いたのかどうかは、まだ不明です」

高林が肩をすくめて答えると、再び梅本が口を開く。

「今のところ、瀬戸が供述《きょうじゅつ》しているのは、騙《だま》されていたことにかっとなり、性交渉《せいこうしょう》後に眠っていたガイシャを刺した、ということだけですので。あとはひたすら泣いていました。瀬戸がどうやって、ガイシャがアカサギだと見抜いたのかも、まだわかっていません」

被害者が全裸なのは検視のために衣類を脱がされたのかと思っていたが、最初から何も身につけていなかったらしい。

「厄介なことが色々ということは、職業詐欺師、のほかにも問題がある奴《やつ》なのか？」

大ありです、と梅本が眉間《みけん》に皺《しわ》を寄せる。

「宿泊者名簿に記載されていたイタリアの自宅の電話番号へ先ほど掛けたところ、これがまったくのでたらめでして」

「でたらめ？　どういうことだ？　フロントはパスポートのコピーを取っていないのか？」

感染症やテロの発生に備え、日本国内に居住していない外国人が宿泊する際、旅館やホテルにはパスポートの確認はもちろんコピーの保存が義務づけられている。

しかし、経営状態の悪いこのホテルでは、胡散臭《うさんくさ》いとわかっている客でも、法令違反をして泊めているのかと思ったが、そうではなかった。

「いえ、コピーはあります。それを入国管理局《イミグレ》で照会してもらいましたが、偽造パスポートでした。しかも、そのパスポートを含め、ガイシャの身元を示すものが何も見つからないんです。ガイシャはチェックイン時に現金で支払いをすませており、約十五万円が入った財布はあるんですが、クレジットカードや帰りの航空券が見当たりません。それから瀬戸のスマホの履歴《りれき》では昨日と今日、数回、ガイシャに電話を掛けていますが、そのスマホも」

そんな報告をした梅本の隣で、高林が「一応イタリア大使館に問い合わせ中ですが、たぶん該当者《がいとうしゃ》はいないでしょうね」と苦笑交じりに続けた。

「被害者と被疑者は、イタリア語と英語と日本語がごちゃ混ぜのメールのやり取りをしていましたが、被害者のイタリア語は翻訳アプリで機械的に別言語からイタリア語にしたような不自然なもので、とてもネイティブとは思えませんから」

「それから、凶器もまだ発見されていません」

梅本がそうつけ加えると、三係の中で一番若い桃園が「篠森係長」と声を上げた。

「もしかしたら、このガイシャ、スパイじゃないでしょうか？　写真を貼り替えるだけだった昔と違って、今のパスポートはＩＣチップが使われていますから、偽造にはかなり高度な技が必要でしょう？　たかが、という言い方は不適切かもしれませんが、たかが結婚詐欺のために精巧な偽造パスポートを作るのは不自然ですし、身元を証明するものが何もないのも」

「――と。モモ、悪い。お前、さっき聞き込み中だったから、まだ伝えてなかったな」

桃園の推理を、梅本が遮《さえぎ》る。

「イミグレの話じゃ、ガイシャのパスポート、専門官ならコピーを見ただけで偽造だってわかる雑な作りで、あれで入国は百パーセント不可能らしい。つまり、マリオ・ロッシのパスポートは、入国後にマリオ・ロッシのふりをするためだけに用意した可能性が高い。ホテルではパスポートが本物か偽物《にせもの》かなんていちいち調べないし、本名でチェックインして、瀬戸と一緒のときにスタッフから本名で呼ばれちゃまずいと考えたんだろうな。外国人には珍しく、宿代を現金払いしているのも、それが理由だろう」

「でも、身元の確認ができるものが……、スマホすら消えてるって、胡散臭すぎますよ」

「まあ、確かに胡散臭くはあるが、スパイの可能性は低いだろうな」

桃園のプライドを傷つけないよう、篠森はやんわりと首を振る。

「このガイシャがスパイなら、俺たちが臨場するより先に、公安が遺体を持ってってる」

それに、と篠森が続けるより先に、梅本が「その通りだ、モモ」と大きく頷く。

「そもそも、スパイが騙し取るのは潜入先の情報で金じゃないし、騙した女に殺されるなんて、スパイにしちゃ間抜けすぎだ」

「加えて言えば、スパイにしては、あまりに名前がわざとらしすぎる。マリオ・ロッシって、イタリアの山田太郎《やまだたろう》だしな」

苦笑交じりのそんな言葉で篠森の考えを代弁したのは、高林だった。

そういう教育を受けて育ったので、篠森は数ヵ国語を操ることができる。しかし、国内最大手のシンクタンクの研究員から警視庁の専門捜査官へと身分を変えた高林は弱冠《じゃっかん》二十七歳ながら、篠森など足もとにも及ばない語学のエキスパートだ。だから、当然、篠森と同じ着眼点を持ったようだ。

「ほう。俺の耳にはしゃれた響きに聞こえるが、マリオ・ロッシは山田太郎なのか」

もうそろそろ五十に手が届くだろう検視官が、面白《おもしろ》がる口調で言った。

「ほかの国にも山田太郎な名前、あるのか?」

ありますよ、と高林が返す。

「有名どころだと英語圏のジョン・スミスですね。フランスではピエール・デュポン、ドイツはハンス・シュミット、ロシアはイワン・イワノビッチ・イワノフとか」

高林のそんな豆知識解説に、中国語を得意とする梅本と虎屋も加わる。

「中国だと、ありふれた人を意味する『張三李四《チャンサンリースー》』という表現がありますよ。張も李も非常に多い苗字なので」

「香港では、書類の記入例として陳《チャン》・大文《タイマン》が使われてますね。山田太郎的な感じで」

「そういっぺんに言われても、まるで頭に入らねえが、とにかく、さすがだな、お前ら」

苦笑気味に感心しつつ、検視官は遺体を搬出《はんしゅつ》するよう鑑識係員に指示する。

専用の担架《たんか》に乗せられ、運び出されていく自称・イタリア人のマリオ・ロッシに、その場の全員がもう一度手を合わせた。


被疑者が自首しているので、今回の事件では捜査本部は立たない。スマートフォンなどの現場にあるべきものがないことは不審点であったものの、愛憎《あいぞう》の縺《もつ》れに金が絡んでいるらしい殺害理由から身元不明の被害者がスパイやテロリストである可能性は低いため、当初の予定通り、国際犯第三係のみで裏づけ捜査をおこなうことになった。その指揮官は篠森だ。捜索差押《さしおさえ》許可状が届いたところで、ホテルには高林と虎屋を残し、篠森は高林と桃園を連れて瀬戸柚子の自宅マンションの家宅捜査へ向かった。

一晩の初動捜査で判明したのは、被害者の身元と凶器の所在が不明であること、そして、瀬戸柚子は本気で被害者と結婚するつもりだったようだということだけだった。瀬戸の部屋には、被害者との幸せそうなツーショットの写真や、被害者が「出張先」の諸外国から送ってきた土産物《みやげもの》が大事そうに飾られていた。それから、被害者のために瀬戸が見繕《みつくろ》っていたのだろう都内の事務所物件の資料も。

署に引き上げたのは、明け方だった。各々《おのおの》、報告書類を作成したり、仮眠を取ったりして待っていたイタリア大使館からの返答は朝一番にあった。やはり、自称・マリオ・ロッシはイタリア人ではなかった。

「まったく、迷惑なジョン・ドゥですね。女を騙すのも、殺されるのも、自分の国ですればいいものを」

大使館からの電話を切り、ぼやいた高林に、桃園が「じょんどぅ?」と首を傾げる。

「身元不明の死体のこと。英語圏でそう言うんだよ」

そう教わり、メモを取る桃園を篠森は瀬戸柚子の取調官《とりしらべかん》に指名し、梅本と虎屋を被害者の身元を掴むための聞き込みに出し、高林に瀬戸のスマートフォンと自宅から押収したパソコンの分析を命じた。

篠森自身は連絡・調整役として課のデスクに残り、被害者に他国での前歴がないか国際刑事警察機構《ICPO》に指紋《しもん》とDNAの照会をしたり、ホテル周辺のコンビニなどから提供を受けた防犯カメラの映像確認をしたりしつつ、時折、取調室の様子を見に行った。

一晩経《た》っても瀬戸の精神状態は悪く、ただ騙されたことを嘆《なげ》いて泣き叫ぶばかりだった。

昼を過ぎて、高林から、被害者の使っていた電話番号はプリペイド式のもので、メールもフリーメールサービスを使っており、そちらからの身元特定は難しいとの報告があった。

結局、その日は司法解剖によって、被害者の死因が心臓を一突きされたことによる失血性ショック死、凶器が刃渡り二十センチほどの蛇行《だこう》した形状の刃物であることが判明した以外、進展らしい進展は何もなかった。

「この刃物は、東南アジアで見られるクリスという短剣の類《たぐい》ではないかと思われます」

今日の捜査を終了した夕方、あまり多くはなかった成果を纏《まと》めて報告しつつ、篠森はスマートフォンで検索して見つけた画像を松中に見せた。

「現地では霊的なお守りとして所持する場合もあるそうで、観光客に人気の工芸品だとか」

「なるほど。確かに武器って言うより、飾り物だな、こりゃ」

曲がりくねった刀身も、鍔《つば》や柄《つか》も装飾的なクリスの画像を見やり、松中が頷く。

「瀬戸柚子の口座の取引履歴には、大金が動いた形跡はありませんでした。引き出す前に、騙されたことを確信する何かがあったと思われますが、昨日、瀬戸柚子は普通に出勤しており、退社間際、仲のいい同僚に外国人の恋人が昨日の便で来日すると惚気《のろけ》ています。ガイシャを殺害するつもりで、鞄《かばん》に一日中凶器を潜《ひそ》ませていたとは考えにくいですから、今回の来日に際してガイシャが土産物としてホテルの部屋に置いていたものが凶器になった可能性が高いですね」

「ああ。ところで、取調官は桃園で大丈夫か？　さっきちらっと覗《のぞ》いたら、大声で喚いてる瀬戸の迫力に押されて、たじたじだったぞ。梅本かお前のほうがよくないか？」

「いえ。桃園もいつまでも新人じゃありませんし、瀬戸を落として功績を立てれば、大きな自信になるでしょうから、桃園に任せます」

「お前がそう言うんなら、その判断に任せるが……」

松中は顎《あご》をこすり、「それにしても、瀬戸の泣き声は強烈だったな」と鼻を鳴らした。

「耳に突き刺さって、今晩、夢に見そうだぜ。まだ二十八なんだから、この先、新しい男なんていくらでもできただろうに、そんなことすら考えられなくなるほど、あのガイシャに惚《ほ》れ抜いていた女心を弄《もてあそ》ばれたんだと思うと、憐《あわ》れだよなぁ」

そんなぼやきに、篠森も少し前に聞いた瀬戸の叫び声が耳の奥で蘇《よみがえ》った。

――愛してた！　本当に愛してた！　だからっ、どうしても許せなかったの！

「ええ。ですね」

確かに憐れだ。けれども、愛なんて不確かなものに寄りかかって生きようとするから、こんな目に遭《あ》うのだ。そんなもののために人生を棒に振るのは、滑稽《こっけい》極まりない愚行《ぐこう》だ。

――俺なら、愛なんて絶対に信じないのに。

冷えた気持ちでそう思いながら、篠森は愛想笑いを返した。

「ま、せいぜい、お前も気をつけろよ、篠森」

「……は？　何をでしょう？」

「お前、キャリアに引けを取らないくらい中身も外見も高スペックの割に浮いた噂《うわさ》が聞こえてこないし、色恋には淡白そうだからなぁ。一晩限りのつもりで手を出した女に刺される、なんてことはやめてくれよ」

にっと口角を上げた松中に、篠森は「ご心配なく」と微苦笑を返す。

篠森は恋愛に淡白どころかそもそも興味がない。だから、今まで誰ともつき合ったことがないし、これからもつき合う予定はない。

そんな考えが少々ゆがんでいるのは自覚しているし、年齢がそのまま童貞歴であることに世間が見せる反応もわかっているので、あえて口にはしないけれども。


駅の改札を出て、何気なく視線を上げた。

濁《にご》った夜空に丸く太った月がぼんやり浮かんでいた。むっちりした円形が、どことなく玲於奈の尻に似ている。そんな思いが過《よ》ぎった胸に、二日近く会えていない玲於奈への恋しさが湧き、足を速めた直後だった。

「瑞紀様」

背後で男の声がした。

この近辺で篠森に声を掛けてくるのは、マンションの住人くらいだ。だから、同じ名前でも自分が呼ばれたとは思わなかったけれど、篠森は振り向いた。たった五文字なのに、鼓膜《こまく》にじんわり沁みこんでくるベルベットのようになめらかで甘い声に、ふと惹《ひ》かれたのだ。

漂わせた視線の先に背の高い男が立っていた。篠森よりも少し年上だろうか。蒸し暑い夜なのに、スリーピーススーツを隙なく着こなしている。

少し長めだが、清潔感のある黒髪に縁取《ふちど》られた顔は日本人離れして彫りが深く、非の打ちどころなく整っている。貴族的な気品を纏《まと》い、どことなく近寄りがたい雰囲気のあるその美貌《びぼう》の男には、見覚えがあった。

「……百合永《ゆりなが》、さん？」

「ご無沙汰《ぶさた》しております、瑞紀様」

篠森の生家である二宮《にのみや》家に代々家族で仕えている執事の三男が、艶然《えんぜん》と微笑《ほほえ》む。

篠森が二宮邸で暮らしていた赤ん坊の頃はひとつ屋根の下に住んでいたものの、物心がついてから会ったのは数えるほど。百合永の下の名前も覚えていないほどの関係で、知っているのは篠森の父親の忠犬であることくらいだ。

そんな男がこんな所で何をしているのだろうと疑問に思い、眉を寄せた篠森の前へ、百合永が歩み寄った。そして、左手を胸に当て、恭《うやうや》しく頭を下げた。

「どうか、私のことは倫成《みちなり》とお呼び捨てください」

帰宅ラッシュの時間はもう過ぎているものの、人通りはまだ多い。ケチのつけようがない美形なので絵にはなるが場違いな路上パフォーマンスに、怪訝《けげん》そうな視線をちらちらと向けられる気恥ずかしさで、篠森は浮き足立つ。

「できません。俺は百合永さんの主人でも何でもありませんから」

早口に言っているさなか、昨夜、白石から報告された不審者王子のことを思い出し、「あ」

と声が漏れた。

ませた女児の目には王子様に見えるかもしれない外見と、六歳の子供が正確に覚えるのは難しいだろう「百合永」の苗字。最後に会ったのは一年前。これからの人生において、特に関わり合う予定のない人物だったので、「ユーリ」と「王子様」というメルヘンな手掛かりだけでは思い至らなかったが、もしかして——。

「……昨日、うちに来られましたか？」

「はい。残念ながら瑞紀様はお留守でしたので、とても愛らしい双子のお嬢さん方に伝言をお願いいたしました。伝わりましたでしょうか？」

全然伝わってないから。あんた、俺を迎えに来た「ユーリ王子」になってるから。

心の中でそう返しながら、篠森は愛想笑いを顔に貼りつける。

「生憎《あいにく》、誰かの訪問を受けたことしか。で、どんなご用件でしたか？」

「二宮家にお戻りいただきたく、お願いに参りました」

「……は？　戻る？」

「はい。旦那様は、瑞紀様に二宮家を継いでいただきたいとお考えです」

篠森は五歳まで、二宮家の長男だった。もっと正確に言えば、三歳の頃に別居した両親が五歳のときに離婚したため、篠森は「二宮瑞紀」から「篠森瑞紀」となった。

篠森家は旧華族で遡れば公卿家《くぎょうけ》。祖父曰《いわ》く、戦後に見る影もなく落ちぶれてしまったものの、千数百年にわたって続いてきた正真正銘《しょうしんしょうめい》の名門中の名門だ。一方、二宮家は今でこそ日本経済を動かす五大財閥《ざいばつ》のひとつに数えられる権勢を誇《ほこ》るが、興《おこ》ったのは日本が大戦景気に沸《わ》いていた大正時代。両家がそれぞれに足りないものを欲した結果、篠森の両親は結婚した。

婚姻《こんいん》が本人同士の自由意志に基づいてなされるものが普通となった時代に、時代錯誤《さくご》な政略結婚の犠牲者となった篠森の両親には、当然ながら互いへの愛情などなかった。だから、強引に結婚を決めた二宮家の祖父が亡くなったとたん、ふたりの関係は破綻《はたん》した。

母親は幼い篠森を連れて実家へ戻り、父親はそれをとめもせず邸内《ていない》に愛人を住まわせて正妻同様に扱《あつか》い、離婚が成立すると同時にその愛人と再婚した。

現在は二宮夫人となっている彼女はふたりの子を産んだ。篠森の四歳年下の妹の千郷《ちさと》と、六歳年下の弟の春樹《はるき》だ。

母親も離婚の一年後には、篠森を実家の両親に預けて再婚し、海外へ移住してしまった。

そうして両親がそれぞれ新しい家族を持ったあとも、篠森は時々、ひとりで二宮邸を訪れていた。離れに住む祖母に望まれたためだ。

その祖母をはじめ、二宮家の親族には、古い公卿家の血脈を欲して、春樹よりも篠森を跡取りにしたいと画策する者がいた。そして、篠森家の祖父は、二宮家の財力に未練を持っていた。そんな大人たちの思惑《おもわく》は幼かった頃にはわからなかったけれど、気づいてからは通うのをやめた。篠森が中学に進学する、少し前のことだ。

以来、二宮家には足を向けていないので、あまり会った記憶のない異母妹弟に、篠森は特にこれといった感情を持っていない。離婚後、母親と共に貧困に喘《あえ》いだりしていれば、二時間サスペンス的な憎悪が芽生えたかもしれないが、幸いにも篠森は何不自由なく——と言うよりむしろ、一般家庭の子供より贅沢《ぜいたく》に育てられた。篠森家の祖父は、ことあるごとに家の没落《ぼつらく》ぶりを嘆《なげ》くけれど、世間的に見れば、都内にマンションを数棟所有する篠森家はそこそこの小金持ちだったからだ。

祖父と違って、過去の栄光を直接的に知らない篠森は、自分の境遇に不満を抱《いだ》いたことはない。金はなければ困るものだが、ありすぎても不幸を招くと自身の目を通して学んでいるので、二宮家の財産がほしいとも思わない。

だから、二宮家で暮らす異母妹弟たちを羨《うらや》んだことはないし、去年、春樹が不慮《ふりょ》の事故に遭《あ》い、わずか二十四歳で鬼籍《きせき》に入った際には、その早すぎる死を本心から悼《いた》んだ。

それでも、父親に対しては、思うところは多々ある。有り体に言えば、自分を不要品のように捨てた父親が、篠森は嫌いだ。父親が望むことなど、何ひとつ叶《かな》えてやりたくない。

「お断りします。跡継ぎなら千郷がいるでしょう?」

笑顔で拒絶を投げ、篠森は「では」と足を速める。

「お待ちください、瑞紀様。私の話を最後まで聞いていただけませんか」

篠森はほとんど駆けるような速度で歩いた。なのに、百合永は息も乱さずぴたりと着いてくる。自分よりも目線が十センチ以上は高い身体の脚の長さを強調されているようで、むっとした。ただの言い掛かりだと自分でも思うが、とにかく腹が立った。

「そんな義理はありません。俺は、二宮の家とは関係のない人間ですから」

「いいえ。瑞紀様は二宮本家の血を引かれるただひとりの直系男子でいらっしゃいます」

「何時代の人ですか、百合永さん。今時、家を継ぐのに性別は関係ないでしょう」

「建前はそうでも、旦那様は瑞紀様に継いでいただきたいとお望みです」

——今更、何を都合のいいことを。春樹が死ななければ、自分のことなんて思い出しもしなかったくせに。

父親に対するそんな怒りが、腹の底から湧いた。そして、同時に百合永への嫌悪も。

いくら父親が嫌いでも、それだけを理由に父親の周囲にいる人間に同じ感情を抱くのは理不尽だ。そう思って自分を律してきたけれど、そこまでが限界だった。

強張《こわば》った顔から、愛想笑いの仮面がぽろりと剝《は》がれ落ちる。

「いい加減にしろよ、あんた。何と言われようと、嫌なものは嫌だし、俺は仕事を辞める気もない。だから、絶対に戻らない」

「瑞紀様。では、せめて」

「しつこいっ」

百合永が何かを言いかけたのを遮って、篠森は声を荒らげる。

「いいか。俺は、二宮の家と関わる気はさらさらない。話はこれで終わりだ。帰ってくれ！」

答えなど待たず、篠森はマンションに向かって全速力で走った。


「じゃ、ちょっとよろしくでーす。すぐ帰ってきますから」

息を弾ませてマンションの集合玄関へ飛びこんだとき、管理人室から出てきた浜岡と鉢合《はちあ》わせした。

「あ、大家さん。お帰りなさーい。どうしたんですか、そんなに息切らせて」

Tシャツとダメージジーンズというラフな格好の浜岡が人懐っこく笑う。

「――見たいテレビがあったので」

篠森も笑ってごまかすと、浜岡がその目に閃《ひらめ》いた光を浮かべて手を叩いた。

「ああ、『だいすき！　どうぶつずかん』でしょう？　今晩はうさぎの特集がありますもんね。うちも見てる途中ですけど、うさぎが出てくるのは最後のコーナーみたいですから、余裕で間に合ってますよ」

「それはよかったです」

初めて耳にするテレビ番組をさも知っていたかのような顔で微笑し、篠森は汗で少し湿って頬を覆《おお》う髪を耳に掛ける。

「ところで、浜岡さん、どこかへお出かけですか？」

「はい。ちょっとコンビニまで。子供たちがさっきCMで流れたアイス食べたいって駄々こねだしたんですよね。甘いとは思うんですけど、普段色々と寂しい思いさせてるから、ダメだってぴしゃっと言えなくて」

「そうですか。夜道ですから、気をつけてください」

「はーい」

明るい笑顔を見せ、集合玄関を出ようとした浜岡が、ふとくるりと振り向いて、篠森のもとへ跳ねる足取りで戻ってきた。そして、なぜか妙に潜めた声で「ねえ、ねえ、大家さん」と篠森を呼んだ。

「すっごく格好いいどこかの国の王子様が、大家さんにプロポーズしに来たって本当？」

「え？」

唐突な問いかけに、篠森はぽかんとまたたく。

「大家さん、お嫁《よめ》に行っちゃうの？」

どうやら、昨日の百合永の訪問話が、浜岡家ではおかしな方向へ転がっているらしい。

「いえ。昨日は、八王子《はちおうじ》から胡散臭《うさんくさ》い不動産屋が来ただけです」

百合永へのちょっとした腹いせも込めて、「胡散臭い」を強調しつつ再びごまかすと、浜岡ががっかりした顔になる。

「えー、そんなオチなの？」

「そんなオチです」

「大家さんって全然女っ気がないから、やっぱりゲイの人かと思ったのに」

「……やっぱり？」

悪意はない口調だったのでべつに腹は立たなかったが、なぜそんな確信を持たれたのか不思議で、篠森は首を傾げた。

「あ、気に障《さわ》ったら、ごめんなさい。でも、あたしの個人的な経験から言うと、若い女に下心なく優しい人ってゲイの人が多いから」

「……優しい？　俺が……、ですか？」

両親に不要品扱いされたトラウマによって愛を否定して生きてはいても、それが自分のためだと思うので社会生活の中でそんな感情を剝き出しにしたりはしない。だが、大して愛想がいい自覚もなかったので、面と向かって「優しい」などと評され、篠森は戸惑った。

「優しいですよー！　あたし、シングルマザーでキャバ嬢って、大家さん目線だと避けたい要素がダブルで揃ってるから、部屋探すの、本当に大変で。一発であたしを信用してくれて、入居許可してくれた物件、ここが初めてでしたから」

「そう、でしたか……」

篠森は自分にボランティア精神があるとは思っていないけれど、金儲《かねもう》けがしたくてこのマンションのオーナーをしているわけでもない。だから、仕事でわりと大きな借りを作った不動産屋から、「見た目はチャラいけど中身は真面目《まじめ》な子っぽいから、たぶん。何とかお願いできないかなー?」と頼まれた際、たとえ家賃滞納のあげく夜逃げをされたとしても、これで借りが返せるなら、まあいいか、と打算した。それだけだ。

今は、確かに真面目な店子《たなこ》だと認識しているものの、浜岡を信用して入居審査を通したわけではないぶん、少し後ろめたくて篠森は目を泳がせた。

「と、お喋《しゃべ》りしてる場合じゃなかったですね。大家さん、テレビ見に帰らなきゃ、なのに」

浜岡は無邪気に会釈をして、コンビニへ走ってゆく。

篠森は苦笑して、管理人室の向かいの自分の部屋に入った。

「ただいま、玲於奈」

玄関で靴を脱ぎながら、玲於奈を呼ぶ。すぐに、廊下の奥からどすっどすっと重い足音が響き、玲於奈が姿を現した。初めて会ったときには手乗りサイズだったけれど、今では甲斐犬《かいいぬ》よりも大きく成長した玲於奈は、オレンジ色のフレミッシュジャイアントだ。

「ぶっ、ぶっ」

玲於奈は鼻を鳴らして後ろ脚《あし》ですくっと立ち上がると、篠森にもたれかかるようにして顎をこすりつけてくる。毎日ちゃんと帰ってこられない飼い主なのに、帰宅すればいつも「こいつは自分のものだ」とマーキングをしてくる玲於奈への愛《いと》おしさが湧く。

篠森は玲於奈を抱き上げた。腕の中で、玲於奈がくてっと全身の力を抜く。腰にずっしりくる重みと、もっふりした毛並み。篠森は頬を緩ませて、そのまま玄関の廊下に座りこんだ。

玲於奈は気まぐれなので、触らせてくれるときに触っておかねばならない。ぬいぐるみのようにもこもこした玲於奈の身体を抱いて、二日ぶりの感触を楽しんでしばらくが経った頃、外廊下から「ただいまー」と浜岡の声がした。コンビニから戻ってきたようだ。

「いつもすみません。お邪魔さまでした。ほら、あんたたち。管理人さんに、ありがとうとお休みなさいは？」

母親に促《うなが》され、双子姉妹が「ありがとー」「おやすみなさーい」と声を揃える。

買ってきたアイスのことや、テレビで見た動物のことを、きゃっきゃとはしゃぎながら話す浜岡母子の声は篠森の鼓膜を浅く引っ掻《か》いて、やがて聞こえなくなった。

普段なら聞き流すのに、百合永のせいで両親のことを思い出してしまったからか、無性にたまらない気持ちになり、篠森は細く息をついた。

世の中には、浜岡のように子供をまっすぐに愛している親がいる。そんな親のほうが圧倒的に多いだろうということは、わかっている。

けれども、篠森の両親は違う。父親にとっての子供は千郷と春樹だけ。母親の目にも望まずに生んだ子供など映《うつ》っていなかった。

その代わりのように、二宮家の祖母と篠森家の祖父は自分を可愛《かわい》がってくれはした。もっとも、それは篠森が「利用価値のある子供」だったからだ。それに、二宮家の祖父母のことはよく知らないが、篠森家の祖父母も、篠森の両親同様、不仲だった。篠森の祖父には常《つね》に幾人《いくにん》もの愛人の影があり、そんな祖父に「唯一の男の孫」として溺愛《できあい》される篠森は、祖母や叔父夫婦、従姉《いとこ》たちから疎《うと》まれた。

親子の愛。夫婦の愛。恋人の愛。家族の愛。世の中には色んな愛がたくさん存在するのだろうけれど、それは自分には縁のないものだと篠森は思っている。

だから、愛なんて信じない。うっかり信じたりすれば、留置場の中で今晩も泣き喚いているだろうあの被疑者のように、裏切られるだけだ。

「……俺の信じられる愛は、お前の愛だけだ」

うつむいて呟いた篠森を、玲於奈がじっと見つめてくる。

「玲於奈……」

篠森のこぼした声に、玲於奈が長くて大きな耳をふりふり揺らして反応する。

管理人の白石夫妻や、職場の部下や同僚、上司。篠森にも信頼する相手はそれなりにいるけれど、愛おしいと心から想い、その存在に安らぎを覚えるのは玲於奈だけだ。

そんなことを思い、篠森はふと唇を綻《ほころ》ばせた。

先ほど、浜岡に「ゲイの人かと思った」と言われた際は、笑って受け流した。これまでの人生の中で恋というものを一度も経験したことがなく、自分の性的アイデンティティーについても深く考えたことがなかったからだ。

けれど、人生を共にしたいと思う唯一の相手が玲於奈で、玲於奈は雄《おす》なので、その意味ではゲイに近いと言えなくもないかもしれない。

「長生きしてくれよな、玲於奈」

玲於奈は、篠森が掛けただけの――否、それ以上の愛情を返してくれる。だから、愛するものがうさぎだけの人生だって、悪くはない。

そう思いながら、篠森は玲於奈のふこふこした顔に頬ずりをした。


翌日の昼下がり。デスクで缶コーヒーを飲みながら書類仕事をしていると、地検の女性検事から電話があり、四日前に篠森が送検した強姦《ごうかん》致傷事件についての補充捜査を求められた。

被疑者も被害者も、都内の大学に留学中のアメリカ人。被疑者は「同意の上だった。ハードなセックスだったから、多少の傷はあっても普通だ」と容疑を強固に否認し、被害者は「合意はなかった」と訴《うった》えている。

『実は、先ほど聴取した被害者が、少し供述を変えまして』

性犯罪捜査はデリケートで難しい。被害者への同情心から供述の虚偽《きょぎ》を見抜けなかったのかと一瞬ひやりとしたが、そうではなかった。

『自分にも最初は被疑者とホテルに行くつもりがあった、とのことです。ですが、被疑者に誘われて立ち寄った「ラブ・パラダイス」というアダルトショップでの会話で、被疑者の性癖《せいへき》に異常なものを感じ、気持ちを翻《ひるがえ》したものの、被疑者が恐ろしくて逆らえず、そのままホテルへ連れこまれてしまったそうです』

「はあ。しかし……、どうして警察《こちら》での聴取でそのことを話してくれなかったのでしょうか？」

『場所が場所だけに、篠森さんには話しづらかった、と言っていました』

「……そうですか。被害者の心情には十分、配慮したつもりだったのですが、至らなかったようで申し訳ありません」

　ホテルに入る前にアダルトショップに立ち寄るのは、ふたりのあいだに合意があったことを推測させる行為だ。それを隠していたとなると、裁判で被害者の主張に疑念を持たれかねず、そのことは裏を返せば、被疑者の身の潔白の証《あかし》となるはずだ。にもかかわらず、被疑者の男も隠していた。つまり、アダルトショップへの立ち寄りが発覚して不利になるのは、被疑者のほうなのだろう。なのに、そんな重大なことを話せないほど、被害者にとって、取調官としての自分の対応が威圧的《いあってき》だったり不快だったりしたのだろうか。

『あ、いえ、いえ。篠森さんの対応に不満があったわけではないようです。むしろ、とても紳士的な対応だったと感謝していましたよ。ただ、若くてハンサムで紳士的な刑事さんには、アダルトショップへ行ったことは恥ずかしくて言えなかった、とのことです』

苦笑交じりに伝えられ、篠森も「はあ」と苦笑いする。

『店内で喧嘩《けんか》はしてないものの、嫌がっていることがわかる態度を取っていて、一階のバイブレーター売り場でその様子を店員にも目撃されたそうです。プラチナブロンドで、アニメか何かのコスプレをした、若い白人の店員だったとか』

「アダルトショップに、外国人店員がいるんですか？」

今はそういう時代なんでしょう、と検事は笑った。

『そんなわけですので、補充捜査のほう、よろしくお願いします』

「わかりました。では、すぐにその店に行ってみます」

聞き込み捜査は二人一組でおこなうのが原則だが、桃園は瀬戸柚子を取調中で、梅本たちは瀬戸が殺したジョン・ドゥの身元と凶器の所在を探すために出払っている。

課長の許可を取り、篠森はひとりで「ラブ・パラダイス」へ向かった。


過去何度か篠森が聞き込みや家宅捜索に入ったことがあるアダルトショップは大抵、人目を忍んでひっそり佇んでいた。だから、アダルトショップとは路地裏にあるものだと思っていたけれど、「ラブ・パラダイス」は駅前の通りに面した七階建ての堂々としたビルだった。

壁面には「愛ある生活、応援します！」「愛の楽園へようこそ！」と書かれた派手な懸垂幕《けんすいまく》が下がり、ショーウィンドウには男女のセクシー下着や、いつどこで何のために着るのか篠森にはさっぱり想像もつかない衣装などがずらりと飾られていた。

アダルトショップというより、もはや「デパート」とでも呼ぶべき雰囲気に圧倒されながら店内へ入り、篠森はさらに目を瞠《みは》った。

コンドーム、ローション。男性器をリアルに、あるいはコミカルに模したバイブレーターやペニスバンド。女性器や豊満な胸をかたどったもの。ラブドールに抱き枕、貞操帯、鞭《むち》、縄、蠟燭《ろうそく》に手錠。広々とした売り場に所狭《せま》しと並ぶ大量のグッズは、照明の明るさや陳列の仕方、健全な言葉で商品をアピールする手書きポップのせいなのか、なぜかさほど卑猥《ひわい》に見えない。

薄暗さや妖《あや》しさがまるでない店内の雰囲気にも、男性客だけでなく、カップルや女性のひとり客が少なくないことにも篠森は驚いた。女性客が多いからか、店員にも女性が多い。

そして、外国人観光客の姿も目立つ。

この店が全力で応援しているらしい「愛ある生活」に無縁な身としては、アダルトグッズとセックスを明るく楽しむ客だらけのこの空間は、どうにも落ち着かない。

胸がむずむずしたが何とか平静を装い、通りかかった店員に手帳を見せて用向きを告げた。

「金髪のコスプレイヤー？　ああ、アンさんですね、それ。アンドレイ……ええと、何とかニャンコ君。舌嚙みそうな苗字で未《いま》だに誰も覚えられなくて、それで皆が『アンさん』って呼んでる、うちのロシア人スタッフです。何年か前に、ロシアで結構人気なバンドの人が来店されて、ファンタスティックだ、アメージングだってSNSでべた褒《ぼ》めしてくれたことがきっかけで、うちの店、ガイジンさんに大人気なんですが、ロシアのお客さんが特に多くて」

「そうですか。それで、その彼は今日、出勤していますか？」

「ええ。今日は五階のフロア担当で、浴衣《ゆかた》着てますよ」

どうも、と礼を言って、篠森はエレベーターに乗った。

五階でエレベーターを下りると、真正面に下着姿の男の等身大パネルが置かれており、その横にはゲイ雑誌の特大ポスターが貼られていた。

辺りを見回すと、一階とは違い、客もスタッフも男ばかりだ。どうやら、ゲイ向けらしいフロアを歩きながらロシア人スタッフを探していたとき、ふいに後ろから肩を叩かれた。

首を巡《めぐ》らせ、篠森は息がとまるほど驚いた。

すぐ目の前に、百合永の顔があったからだ。

「――うわっ」

驚愕《きょうがく》のあまり、篠森はほとんど悲鳴のような声を上げて、百合永の胸を強く突いた。その弾《はず》みで少しよろめいた百合永が手に持っていた茶色い紙袋を落とし、それを磨《みが》き抜かれた革靴《かわぐつ》の踵《かかと》で踏んだ。ばりっ、と何かが壊れたような音がした。

「お客様、どうなさイましたか？」

慌てた顔で駆け寄ってきたのは、浴衣姿の白人青年だった。

「申し訳ありません、お客様。こちらの商品は、当店では最後の一点ナノでした。大変人気のため、現在品薄で、次の入荷の見込みが立っテおりません」

何とかニャンコではなく、アンドレイ・エメリヤーニェンコという名らしいロシア人青年が、アクセントに癖はあるが流暢《りゅうちょう》な日本語を操って言った。

五階のレジカウンター裏のスタッフルームで、篠森は百合永とアンドレイと三人でパイプ椅子に座り、小さなテーブルを囲んでいた。

テーブルの上には、本物と遜色《そんしょく》ないなめらかな銀色の尻尾《しっぽ》がついたアナルパール。先端に向けて徐々に小さくなって連《つら》なっている玉は、根元部分が三つほど割れてしまっていた。

「そうですか。それは困りましたね。私はどうしても、このゴージャスな銀狐《ぎんぎつね》の尻尾がほしかったのですが……」

百合永が小さくついたため息が、篠森の胸に刺さった。

アナルパールを踏み割ったのは百合永だけれども、そうさせてしまったのは篠森だ。

同じ商品はすぐには手に入らないようなので、どう詫《わ》びればいいか迷っていたとき、百合永が「では」と口を開いた。

「とりあえず、同じシリーズのものをすべて一点ずついただけますか？」

「はい。畏《かしこ》まりましタ！」

アナルパールはシリーズで買い揃えるようなものなのだろうか。一瞬、篠森は耳を疑い、戦《せん》慄《りつ》したが、百合永もアンドレイもにこにこと満面の笑みを咲かせている。

「では、すぐにお包みしますので、少々お待ちくださいマッセ！」

礼儀正しく頭を下げて、アンドレイはスタッフルームを出ていった。

狭い部屋の中で百合永とふたりきりにされ、足の裏がむずむずした。

同性愛者への偏見《へんけん》はない。だが、こんな真っ昼間にスーツ姿でアダルトショップに来店し、親しくもない自分の前で尻尾つきのアナルパールを笑顔で平然とシリーズ買いできる、理解しがたい変態性に驚かずにはいられなかった。

頭の中では、驚愕が申し訳なさを蹴り飛ばしてぐるぐる回っていたが、篠森はとりあえず、うつむき加減にまず詫びた。

「……その。すみません、でした……、百合永さん」

「お気になさらず。元はと言えば、瑞紀様を驚かせてしまった私が悪いのですから」

鷹揚《おうよう》にそう返した百合永は、パイプ椅子に長い脚を少し持て余し気味に座っている。眩《まぶ》しいほど完璧《かんぺき》な紳士然としたスリーピースのスーツ姿に、パイプ椅子はちぐはぐだ。なのに、どうしようもなく絵になっている。

自分がとやかく言うことではないとわかっているものの、外見は間違いなく一級品なのに残念な男だと思わずにいられなかった。

「百合永さんは……」

変態ですか、と直球はさすがに投げられず、「ゲイなんですか?」と問う。

「はい」

何の躊躇《ためら》いもなく、百合永は笑って頷いた。

潔《いさぎよ》いゲイだ、と篠森は思わず感心した。

「一応、申し上げておきますと、旦那様はご存じのことですので。もちろん、私の家族も」

「そうですか」

視線を泳がせながらぼそぼそと応じて、篠森ははっとする。

先ほど、駆けつけてきたアンドレイは、ほかの客の目を引かないよう、篠森と百合永を素早くこのスタッフルームに案内した。その際、篠森は手帳を見せていない。こんな所で絶対に会うはずのない男に遭遇《そうぐう》し、気が動転していたからだ。

同性愛そのものをどうこう思わなくても、百合永は敵だ。父親の忠犬にお仲間認定されるのはごめんだ。

「俺も、一応言っておくと、」

「この店へは仕事で来られただけ、でしょう?」

篠森の言おうとした言葉を奪い、百合永は微笑む。

「ええ、まあ……。よくおわかりですね」

「ここが新宿でなければ少し期待したかもしれませんが、瑞紀様が、ご自分が勤務される警察署の管轄《かんかつ》内のアダルトショップへ、こんな時間にスーツで趣味の買い物をしに来られるほど愚《おろ》かな方だとは思えませんので」

期待って何の期待だと首筋がぞわりと粟立《あわだ》ったが、一瞬迷って、聞かなかったことにした。

「……そう言う百合永さんは、仕事中にスーツでこんな場所へ来て、趣味の買い物ですか」

「私は今日から三日間、遅めの夏休みです」

「そんな格好で、ですか？」

スリーピーススーツで夏休み。

お前はおフランスの貴族か、と篠森は腹の奥で毒づく。

「休暇中といえども、緊急事態が起こればすぐに駆けつけねばなりませんので。気の抜けた格好はできません。瑞紀様も同じでございましょう？」

篠森の生家の二宮家は遡れば下級武士で、百合永家は二宮家に仕える中間《ちゅうげん》だったと記憶している。代々二宮家に忠誠を尽くし、維新《いしん》後に主人と共にのし上がってきた百合永の者たちを、二宮家の人間は生きた守り刀としてとても大切にしている。

大企業の役員並みの高給を支払い、子供が生まれれば金に糸目をつけずに英才教育を施《ほどこ》し、高い教養を誇る忠実な僕《しもべ》に育て上げるのだ。

二宮家の男子は幼稚舎から大学まで日本最古の名門私立である室星《むろほし》学園に通うが、百合永家の者は大抵《たいてい》、東大出で、ピアノやバイオリンを得意とする。真っ昼間からアナルパールショッピングを楽しんでいるこの百合永三男も、おそらくそうだろう。

御恩《ごおん》と奉公。それが二宮家と百合永家のあいだの伝統であり、当事者同士には不満はないのだろうけれど、そんなアナクロな関係は篠森の目にはゆがんだものにしか見えない。

「まさか。俺は、休みの日は、よれよれのTシャツと短パンとビーサンですよ」

そこまで極端な格好をすることはあまりないけれど、ちょっとした嫌味のつもりでそう言うと、百合永が片眉を持ち上げ、不思議そうな顔をした。

「びーさん?」

「ビーチサンダルのことです」

「ああ。瑞紀様は休日には海に行かれるのですね」

そんなわけあるか、と返したいのを、篠森は辛《かろ》うじて堪《こら》えた。

「……いえ。海は嫌いです」

「では、どこでビーチサンダルをお履《は》きになるのですか?」

「……コンビニとか、ちょっとそこらへ行くときにです」

答えたとたん、百合永が「僭越《せんえつ》ながら、瑞紀様」と真顔を向けてきた。

「それは看過《かんか》いたしかねます。お若い学生の時分ならともかく、瑞紀様はもう三十一歳の立派な社会人。外出の際には、外出に相応《ふさわ》しい服装を心がけられるべきかと存じます」

どうして、壊れたアナルパールの前で変態に説教をされねばならないのだろう。

もう腹が立つを通り越して、このどうにもシュールな状況に頭痛がしはじめたとき、アンドレイが大きな紙袋を持って戻ってきた。

「お待たせしましタ、お客様。黒狐、黒猫、白うさぎ、ポニーの黒とブロンド、黒豚、ピンク豚、悪魔の尻尾でございマッス！」

猫やうさぎはともかく、豚や悪魔の尻尾まで来ると意味不明だ。興奮できないんじゃないだろうか。大体、そんなに大量購入して、どうやって使うつもりなのだろう。誰かに日替わりでつけて愉《たの》しむのだろうか。それとも、尻尾の数だけベッドを共にする相手がいるのだろうか。

一気に湧いた疑問を無理やり呑《の》み下《くだ》した篠森の隣で、百合永が「どうもありがとう」と紙袋を受け取った。

「支払いはこれで」

百合永が上着の内ポケットから財布を取り出し、ブラックカードを渡す。

ポータブルのクレジットカード決済端末機で手早く処理をし、カードを返却《へんきゃく》したアンドレイが「少々お待ちください」と部屋を出て、またすぐに戻ってくる。

「お客様。こちラは、サービスでおつけいたします」

アンドレイが百合永に小さな箱を差し出す。パッケージの窓から、妙に卑猥な突起で覆《おお》われたピンク色の指サックのようなものが見える。

「当店オリジナルの、乳首《ちくび》にヨシ！　アナルにヨシ！　な大人の指サックでございマッス！」

「アナルは形容詞なので正確にはアヌスですが、それはさておき、乳首によし、アナルによし、は素敵な響きですね。とても、そそられます」

アダルトな指サック入りの小箱を掌《てのひら》に乗せた百合永が双眸《そうぼう》に強い光を宿し、形のいい唇を艶然とほころばせた。

悦《よろこ》んでいる。すぐそばにいる篠森の目も憚《はばか》らず、あからさまに。

百合永は潔いゲイであるだけでなく、潔い変態らしい。

知りたくもなかったそんなことを知ってしまい、全身にぞわぞわと悪寒が走る。

「ハイ！　どうぞ、そちらの恋人様とお楽しみくださぃ」

アンドレイの声が耳に届いた瞬間、頭の中でふつりと何かが切れた音がした。

「違いますから！」

叫んで、篠森は立ち上がる。

「私は新宿北署の者です」

言いながら篠森が警察手帳を見せると、今度はなぜかアンドレイの目が嬉しげに輝いた。

「ワオ！　すっごく精巧《せいこう》ですね、ソノ手帳！　どこで、買えますか？　ボクも、刑事コスプレ、してみたいです！」

——最低だ。変態なゲイの恋人と間違えられたあげく、手帳を見せたら刑事プレイだと喜ばれるなんて、最低だ。

何だか泣きたい気分になって手帳をしまったとき、百合永が肩を揺らしながらアンドレイに何かを告げた。何と言ったかはわからなかったが、ロシア語だということはわかった。

「お客様。ロシア語がお上手《じょうず》ですね」

「チャイコフスキーを愛しているので。あなたも日本語が大変お上手です」

やわらかい声音《こわね》で告げた百合永に微笑を返して、アンドレイはおずおずと篠森を見た。今までと違い、顔が強張《こわば》っている。

「刑事さん。ボクは、就労ビザを持っています。貯金あります、タクサン！　親もリッチです。ドラッグ、一度もしたことナイです！　ボクは日本のアニメと侍《さむらい》が大好きで、日本に来ました。犯罪者じゃ、ナイのデス！」

職質を受けて嫌な思いをしたことがあるのか、表情がどんどん硬くなり、日本語がたどたどしくなっていくアンドレイに篠森は慌てて「そういうことではありません」と首を振る。

「驚かせてすみません。あなたのことではなく、四日前に来店した客のことを聞きたいんです」

「……お客様のこと？」

「はい。ある事件の被害者が、あなたの目撃証言を必要としています」

言って、篠森はパイプ椅子に腰を落ち着けたままの百合永を見やる。

「私は、お邪魔のようですね」

「ええ」

すごく、とつけ加えたいのを我慢して、篠森は深く頷く。

「とりあえず今日は退散いたしますが、また近いうちにお会いしましょう。お話ししたいこともありますので」

立ち上がった百合永が、左手を胸に当て「それでは」と腰を深く折った。

あまりに優雅な動作で、状況も忘れてうっかり見惚れそうになってしまった。

篠森は小さく咳払いをして、アンドレイと向き合う。大量のアナルパールが入った紙袋を提げ、悠然と部屋を出て行く潔い変態ともう二度と会わないように願いつつ、聴取を始めた。


署へ戻り、検事に報告をすませると、十六時が近かった。

部下たちのデスクには誰の姿もない。瀬戸柚子は二日前の夜に自首しているが、逮捕したのはマリオ・ロッシと名乗っていたジョン・ドゥの遺体から瀬戸の指紋と体液が検出された翌朝だ。そこから四十八時間以内——明日の九時までに瀬戸を送検しなければならない。

瀬戸柚子以外の者の犯行である可能性は限りなく低いものの、被害者の身元も凶器の所在も不明のままの送検は避けたい。

最後まで任せたかったが、取調べを桃園と交替したほうがいいのかもしれない。そう考えながら、取調べの様子を見るために刑事課を出た直後、梅本から電話が掛かってきた。

『係長、見つけましたよ！』

興奮気味の声が耳に飛びこんでくる。

『さっき、二日前の夜に、瀬戸らしい女が大久保《おおくぼ》の公園へ入っていくのを見たと言う証言を得まして、公園の防犯カメラを調べたところ、ばっちり映ってました』

瀬戸はホテルを出て交番へ出頭するあいだに公園へ立ち寄り、植え込みの中に被害者の身元を示す物を隠していたらしい。

『マリオ・ロッシのパスポートと一緒に、オリバー・アプフェルというドイツ人のパスポートとクレジットカード、スマートフォン、それからプリペイドの携帯が出てきました。パスポートに貼られてる写真、微妙に変装していますが同一人物のようですし、ジョン・ドゥの正体はドイツ人のオリバー・アプフェルと見て間違いないかと思います』

「そうか。よくやった」

『ありがとうございます。ですが、褒められるのはもう少しあとに取っておくことにします。凶器がまだ見つかっていませんので。俺と虎屋で引き続き、公園を捜索します。証拠品は高林に持って帰らせますので』

「わかった。発見できなくても、十七時になったら署へ引き上げてこい」

はい、と応じた梅本との会話を終えて十分ほどして、高林が署に戻ってきた。プリペイド携帯のロックの解除には暗証番号の解読が必要で時間がかかりそうだが、スマートフォンのほうは遺体の指紋《しもん》でロックを外せたため、抽出《ちゅうしゅつ》したデータの分析を高林が始めた。

マリオ・ロッシことオリバー・アプフェルは本当にフリージャーナリストだったが、妻子がいた。スマートフォンには、オリバーがマリオ・ロッシとして瀬戸に愛を囁《ささや》いたメールと一緒に、妻と「日本でいい仕事を見つけた」「これで銀行に家を取られずにすむ」などとメッセンジャーサービスで交わした会話が残っていた。

オリバーは三流ジャーナリストで、暮らし向きはあまりよくないようだった。詳《くわ》しい計画まではわからなかったが、瀬戸から金を受け取ったあと、姿をくらまして、マリオ・ロッシの存在を抹消《まっしょう》するつもりだったのだろう。だから、瀬戸との連絡にはもっぱらプリペイド携帯のほうを使っていたらしい。

「……あの夜、彼は長時間のフライト疲れで、ベッドの中で一度目が終わるなり寝ちゃって。それで……、プロポーズされる気だったから、我慢が出来ずに彼の荷物をのぞいて指輪を探してたら、なぜかケータイが二台出てきて……。スマホのほうは指紋認証でロックが解除できるやつだったから、眠ってる彼の指を使ってロックを解除して……」

被害者の身元が判明したことを知らせると、瀬戸柚子は憑《つ》き物が落ちたかのように素直に供述を始めた。

「そしたら、彼のスマホの中、知らない金髪女と子供の写真ばっかりで、私のは一枚もなくて……。翻訳アプリ使って、メールとかメッセージを片っ端から訳してみて、彼が結婚してて子供までいることや、名前や国籍……、私に言ってたことの全部が嘘だらけだってわかって、それで……かっとして……」

そのとき、目についた短剣を被害者の胸に突き立てたそうだ。凶器は推測通り、被害者から「日本へ来る前に取材したインドネシア土産だ」と渡されたクリスだという。

「そりゃ、お金はまだ渡してなかったけど……、お金の問題じゃないのっ。私、彼が初めての人で……、だから……、だから……、どうしても絶対に許せなかった……っ」

瀬戸は端《はな》から逃走する気はなく、返り血を洗い流して、交番へ出頭した。だが、その途中、立ち寄った公園に被害者の身元を示す物を捨てたそうだ。

「彼の死体を家族のもとへ返したくなかったから……。どこの誰だかわからない死体として、日本で葬《ほうむ》られればいいと思って……」

かさついた唇にゆがんだ笑みを乗せて言った瀬戸は、未だ所在が不明の凶器について「川に捨てました」と答えた。

「ホテルを出て少しして、彼を刺したナイフを持ってることが怖くなって……。でも、あのときは、頭がぼんやりしてたから……。捨てた場所は覚えてません。たぶん、ホテルの近くのどこかということしか……」

そこまでの供述が取れた時点で二十時を過ぎていた。凶器の捜索は明日おこなうことにした。変態との思わぬ遭遇《そうぐう》で気力が萎《な》えかけたものの、それを除けばまずまずの一日だったと思いながら、篠森は帰り支度《じたく》をした。

翌日、瀬戸柚子を地検へ送検し、オリバー・アプフェルの遺体をドイツに引き渡すための書類の作成を終えたあと、篠森は長靴と警杖《けいじょう》を持って署を出た。

オリバーが殺害されたホテルの近くを流れる川で凶器の捜索をおこなっている梅本たちと合流するためだ。梅本たちには「係長の仕事じゃありません」と遠慮されたが、朝から真夏のような熱波が東京を襲っているせいか、管内では立て続けに事件が発生し、鑑識はそちらへ出払っている。ホテルから公園付近までは川の水深が浅く、大抵の場所で川底が目視できることは幸いだが、範囲が絞《しぼ》りこめない捜索には、人手はひとりでも多いほうがいい。

捜索現場に着くと、川の両岸や橋の上に野次馬が集まっていた。スマートフォンを片手に、梅本たちが警杖を持って川底をのぞきこむ様子を撮影《さつえい》している。

橋のたもとの、普段は柵が施錠されている階段の前に、見張りの制服警官が立っていた。敬礼に目礼を返し、篠森は階段を下りた。季節を間違えているような太陽のもとでは邪魔にしかならないスーツの上着は、署に置いてきた。ワイシャツの腕に捜査腕章をつけて長靴を履き、川に入った。梅本たちが「係長」と汗の浮いた顔を向けてくる。

「この暑いのに、結構な数の見物人だな」

「たぶん、ネットで、警察川浚《かわさら》いなう、とか回ってるんでしょうね」

苦笑した梅本に、高林が「平日の真っ昼間なのに暇人《ひまじん》が多いですよね、まったく」とぼやく。

それから、五人で一列になり、足もとを探りながら川下へ下った。

「あ、ケーサツがいっぱい。何してんの、あれ」

「死体?」

「あんな浅いとこに死体は沈《しず》んでないっしょ。カミツキガメとか探してんじゃない? この前、ニュースで、神田川《かんだがわ》に危険な外来種が! とかやってたもん」

「へー、カメの捜査してんだ。暇だねー、日本の警察」

頭上から、強い日射しとわんわんと響く蟬《せみ》の声に混じって時折、野次馬の声が降ってくる。

そんな勝手な感想に、最初のうちは内心でむっとしていたものの、しばらく経つと暑さで反応する気力もなくなった。

休憩《きゅうけい》を何度か挟《はさ》みつつ、五人並んで黙々と川を歩く。暑さが和《やわ》らぐ気配はないが、気がつくと時間は流れて、太陽はだいぶん西に傾いていた。

「――あ!」

高林が川底から短剣を拾い上げて叫んだのは、今日中の発見は無理かもしれないと諦《あきら》めムードが漂《ただよ》いはじめた矢先だった。

皆でいっせいに高林の周囲に駆け寄る。高林の手の中の短剣は、瀬戸が供述した凶器の外観の特徴《とくちょう》と一致するものだった。

「これで、ジョン・ドゥ殺人事件は一区切りですね」

自分の手によってピリオドを打てたことを誇らしく思っている顔の高林に、篠森は「ああ、お手柄《てがら》だ」と笑って頷く。

発見場所は、捜査車両を停めている場所からはかなり離れていた。川を歩いて引き返すより、車をここへ移動させたほうが時間の短縮になる。

すぐ目の前にあった階段を上り、南京錠つきの腰丈の柵を順番に跳び越えていたところへちょうど、署へ戻る途中のパトカーが通りかかった。篠森は、高林にパトカーに同乗して凶器を鑑識に届けるよう命じた。梅本と虎屋は、捜査車両を駐車しているほうへ走って行った。

「梅本たちが戻ってくるまで、俺たちはちょっと休憩するか」

少し先に見えているコンビニを指さした篠森に、桃園がなぜだか神妙な目を向けてくる。

「係長、すみませんでした」

「何がだ？」

「瀬戸の取調べ、せっかく係長に任せてもらったのに、俺、今回は何もできませんでした……。瀬戸が自白《ゲロ》を始めたのは、梅本さんたちがガイシャの身元を割り出したからですし、凶器を見つけたのは高林さんですし……」

「悔しいか?」

「悔しくないと言ったら嘘になります。でも、それ以上に情けないです。自分なりに努力しているつもりでも、結果がまるでついてこなくて、俺、三係のお荷物になってますから……」

「刑事になってまだ三ヵ月のお前に、そうほいほい手柄を立てられちゃ、俺たちの立つ瀬がないだろ」

項垂《うなだ》れた桃園の肩を、篠森は笑って叩く。

「お前は自分で思ってるより、なかなかできた新米だぞ、桃園。俺は刑事になりたての頃、規制線の内側へ入れることに舞い上がってうっかり遺留品を踏み潰《つぶ》したことがあるし、高林はインテリエリートの外国人としか交流がなかったから、聴取する相手がタトゥーを入れてたりスキンヘッドだったりしたらそれだけでビビって貧血起こしてた。虎屋は死体を見るたび吐くから『ゲロのトラ』なんて渾名をつけられてたらしいし、梅本がガサ入れに行った先でペットのトイプードルに襲われて、テレビのニュースになったのは有名な笑い話だぞ」

「マジっすか?」

「ああ。俺たちの新米時代に比べたら、お前は上手《うま》く立ち回ってる。だから、もっと自信を持っていい」

桃園は一瞬はにかんだ表情を見せたあと、「はい」と頷いた。

「俺、お茶買ってきます、係長」

言って、桃園は走り出す。

「おい、桃園！　金！」

「たまにはお茶くらい奢《おご》らせてください！」

捜査腕章をつけたまま、桃園は長靴で駆けてゆく。

ぐんぐん遠ざかる背を見やり、苦笑交じりに小さく息をついたときだった。

「瑞紀様は部下思いでいらっしゃいますね」

背後で聞き覚えのある声がした。

暑さと疲れが生んだ幻聴であってくれと、篠森は心の底から願った。だが、そんな願いも空《むな》しく、振り向いた先には百合永が立っていた。

「私は適材適所主義なので、使えない部下はすぐに配置換えをいたしますが」

甘やかな笑みを浮かべて言いながら、今日は濃紺のスリーピーススーツを纏う百合永がゆっくりと歩み寄ってくる。

ぬるい川風が吹いて、百合永の黒髪をかすかに揺らす。薔薇とクラシックのBGMでも背負っていそうな現れ方に、篠森は啞然《あぜん》とまたたく。

「……どうして、こんな所にいるんですか？」

「買い物帰りの車中でネットニュースをチェックしていたところ、たまたま瑞紀様のお写真つきのツイートを見つけまして。神田川で凶暴な亀の駆除をされているとのことでしたので、ぜひその勇姿を直接拝見いたしたく、車を降りて、川沿いを歩いておりました」

百合永は篠森の前に立ち、艶然と微笑む。

「亀はもう駆除されたのですか？」

「探していたのは亀ではなく、事件の証拠品です」

篠森は半歩後退《あとずさ》って言う。

「……百合永さんは、また昨日の店で買い物を？」

三日だけの夏休みなのに、まさか二日続けてアダルトショップ通いはしないだろう。そう思った上での嫌味のつもりだったのに、「いえ、別の店です」と笑顔で返された。

「今日は少々、マニアックなものを求めておりましたので」

豚や悪魔の尻尾つきアナルパール以上にマニアックなものとは何だろうと疑問が湧いた。だが、あえて口には出さず、篠森は眉間に力を入れて、高い位置にある百合永の目を見やる。

「あの、百合永さん。俺は仕事中ですので、帰ってもらえますか？」

「はい、すぐに退散いたします。二宮家へお戻りくださるお約束をいただけましたら」

「戻る気はないと言ったはずです。お忘れですか？」

「いいえ。ですが、どうしても瑞紀様にお戻りいただきたいのです。実は、旦那様が」

何かを言いかけた百合永の声に、男女の複数の悲鳴が重なった。

「おい、あそこだ！　落ちたぞ！」

「嘘、嘘！　誰か、助けて！」

見ると、橋の歩道に数名の通行人が集まっていた。中には、高欄《こうらん》から身を乗り出して川を指さす者もいる。彼らの視線の先には、川面《かわも》でもがく子猫がいた。篠森の膝より低い水位しかない場所だが、小さな子猫にとってそこは大海原《おおうなばら》も同じだろう。

動いたのは、篠森よりも百合永が早かった。

まるで風の化身を思わせるような身軽さで柵を跳び越え、階段を駈け降りた百合永は、革靴のまま躊躇《ちゅうちょ》なく川の中へ入り、子猫を素早く拾い上げて戻ってきた。

手を貸す暇もなかった、あっという間の出来事に、篠森は思い出した。百合永の家の者が二宮家の守り刀として身につけるのは、教養だけではない。驚異的な身体能力も、だ。

「ありがとうございます！」

若い女性が駆け寄ってくる。

「あなたの猫ですか？」

ずぶ濡れで震える子猫を抱いたまま尋ねた百合永に、女性は「まだです」と首を振る。

「昨夜、私の住んでるマンションの茂みで鳴いていた子なんです。しばらく様子を見てたんですが、母親はいないらしくて、それで、うちで飼おうと思って保護しようとしたら、逃げ出してしまって」

捜査腕章をつけている篠森がそばにいるせいで、女性は百合永も警察官だと勘違いしているのか、見ず知らずの男を訝《いぶか》しむふうもなく答えを返す。

「飼われるのでしたら、近くの交番に拾得物届出を出してくださいね」

「拾得物……？」

「野良猫だと思っても万が一ということがありますし、猫は法律上、物の扱いになりますので」

百合永がやわらかい声で言う。

「届けを出す際、飼う意思を示せば、あなたの手元で面倒を見られますし、三ヵ月経って飼い主が現れなければ、晴れてあなたの猫になります。少々面倒なことではありますが、もし飼い主がいた場合のトラブルを避けるために、適切な手順を踏んでおいてください」

「はい。わかりました」

素直に応じた女性が、タオルの類《たぐい》を持っているように見えないないからだろう。百合永はポケットから取り出したハンカチで子猫をくるんで、女性に渡す。

「ありがとうございます。あの、このハンカチ、どこにお返しすれば……。それから、スーツのクリーニング代もお支払いしないと……」

告げていた女性の語尾が上擦《うわず》って跳ねた。百合永の濡れた足もとを改めて見て、そのスーツが量販店の吊しなどではないことに気づいたらしい。

「結構ですよ。そのハンカチは差し上げますので、どうかお気になさらず」

でも、と言い淀む女性の腕の中で子猫が「くしっ、くしっ、くしっ」とくしゃみをした。

「それより、早く病院に連れて行ってあげたほうがいいですよ」

女性は迷う素振《そぶ》りを見せつつも頷く。「ありがとうございました、お巡りさん！」と百合永だけでなく篠森にも深く頭を下げたあと、子猫を大事そうに抱《かか》え、小走りでどこかへ向かった。

遠巻きに様子をうかがっていた野次馬たちも、事の成り行きを見届けて満足顔で散ってゆく。

一般的に「お巡りさん」とは、一番低い階級の「巡査」もしくは地域課に所属する警察官を指す言葉なので、百合永はもちろん、篠森も厳密には「お巡りさん」ではない。

誤解をとく機会はなかったものの、市民の喜びは警察の喜びだ。

「百合永さん、猫を拾い慣れてるんですか？」

あの女性に百合永が告げたことはとても適切なことだ。けれども、一見して野良《のら》と思われる猫を拾って警察に届け出ようと考える者はあまりいないので、百合永はおそらく野良猫を保護したことがあるのだろう。

夏休みをアダルトショップ巡りでつぶすような変態でも、少しはいいところもあるようだ。気分がよくなった副作用か、そんなふうに見直しかけた男は「いいえ」と首を振った。

「猫を拾ったことは一度もありません」

ですが、と百合永は甘くたわめた双眸を篠森に向けた。

「今、私は強く思いました。あの子猫のように、瑞紀様も首根っこを摑んでお屋敷へ拾って帰れたらいいのに、と」

百合永は篠森よりも遥《はる》かに体格がいい。加えてあの身のこなしだ。篠森が刑事であろうと簡単に押さえこめると思い、子猫に喩《たと》えたのだろう。

全身から漂ってくる強い自信に、篠森はむっとした。

「やれるものなら、やってみろよ」

頬に落ちかかる髪を耳に掛け、篠森は百合永を挑発する。

「よろしいのですか？　本当に？」

悠然とした笑顔の確認が、さらに癇《かん》に触った。

「ああ。本当に俺の首根を摑めたら、警察辞めて、どこへでも行ってやるよ」

篠森はネクタイを抜き取り、手早くポケットに突っこむ。そして、優雅なスリーピーススーツ姿の変態と対峙《たいじ》し、間合いを詰めようとしたとき、すぐそばで車が停車した。

予想よりずいぶん早く到着した梅本が助手席の窓を下げる。

「係長。あれ。その方……は？」

不思議そうに問われ、篠森は我に返る。

危なかった。まるっきりの赤の他人ではないとは言え、警察官が勤務中に一般市民相手に路上で勝負を挑むなど、懲戒免職《ちょうかいめんしょく》ものだ。

つまりは、勝っても負けても、篠森にとっての結果は同じになってしまう。それを計算していたのであれば、百合永はとんだ食わせものだ。

「——何でもない。道を聞かれただけだ」

早口に答え、篠森はそそくさと捜査車両に乗りこむ。

「桃園があそこのコンビニにいる。拾ってくれ」

了解、と虎屋が応じ、車を発車させた。

これが一番無難な選択だ。けれど、どう言い繕《つくろ》っても敵前逃亡でしかないこの行動が情けなくもあり、篠森は百合永を見ることができなかった。


「係長。せっかく一件落着したことですし、一杯やっていきませんか?」

夕方、帰り支度をしていると、梅本に誘われた。いいですね、と高林たちも寄ってくる。

「……悪い。今日は帰らせてくれ」

瀬戸の自白と、犯人しか知り得ない独特の形状をした凶器の発見。送検した瀬戸の起訴《きそ》は特に問題なく決まった。あまり時間をかけずにこの事件を片づけられたことはよかったと思うものの、神出《しんしゅつ》鬼没《きぼつ》の変態男に嵌《は》められかけたことへの動揺が大きく、酒を飲む気分になれなかった。

「篠森は、今晩は早く帰って、玲於奈を抱きしめて、心を落ち着かせて眠りたい。

「篠森は、さっさと帰ったほうがいいかもな」

ふいに、窓辺のソファスペースでタブレットをいじっていた盗犯係の係長が言った。

「今、三鷹《みたか》ですげえゲリラ豪雨だってよ。雨、こっちへ移動してるらしいから、降られる前に電車に乗ったほうがいいぜ」

「どうも。じゃ、悪いが、そういうことで帰らせてもらう。慰労会《いろうかい》は俺抜きで楽しんでくれ」

梅本たちは署の隣の独身寮暮らしで、皆で飲む場所は決まってその向かいの居酒屋だ。雨など気にせず飲みに行くだろう梅本たちの高揚感《こうようかん》に水を差すのも悪いので、篠森は「明日に響かないようにな」と飲み代を渡して署を出た。

近づいてきている雨雲の影響か、ずいぶん混んでいた電車に揺られて二十分。自宅マンションの最寄り駅の改札をくぐると、あと数分で十九時だった。

すでに陽は沈んでいるが、まだ明度がわずかに残る薄墨色《うすずみいろ》の空の下の大気は、署を出たときよりも重く湿っている。

ネクタイを締めた首もとが暑苦しい。早く帰ろうと思い、足を速めた背後から「瑞紀様」と呼ばれ、つんのめりそうになる。

「——何で、いつも俺の後ろにいるんだ！　あんた、俺の背後霊か、ストーカー野郎！」

思わず声を荒らげた篠森に、百合永が片眉を撥《は》ね上《あ》げる。

「ストーカーとは心外な。私は自分の仕事をしているだけでございます、瑞紀様」

昼間とは違う新しいスーツを纏う百合永が、恭しく告げる。

「仕事？　夏休み中だろう？」

好ましくない相手でも年上だから、という気配りなどもうどこかに消えてしまい、篠森は荒いままの声を投げる。

「はい。瑞紀様の説得が、休みのあいだの課題です」

「たった三日で俺が落ちると思ってんのか？」

「ええ。警察官であられる瑞紀様が、嘘をおつきになるとは考えておりませんので」

艶然とした笑みと共に告げられた言葉の意味を理解するのに数秒かかった。

昼間、腹立ち紛《まぎ》れに交わした約束のことを百合永は言っているのだ。

「……わかった」

夏休みの宿題だからと明日もボウフラのように背後に涌《わ》かれて、付きまとわれては迷惑だし、何より、自分の勝利を信じて疑わない百合永の目にむっとした。

「ただし、俺の首を取るチャンスは一度だけだ。一度で取れなければ、諦めて消え失せろ」

「承知いたしました」

「なら、うちへ来い」

今は勤務中ではないとは言え、路上で喧嘩騒ぎは起こせない。

マンションの庭でさっさと決着を着けようと思い、歩き出してすぐのことだ。空の薄闇がいきなり濃くなり、雨が降り出した。

「瑞紀様、これを」

百合永の脱いだ上着を頭から掛けられたかと思うと、手首に長い指が絡みつく。

「走りましょう」

想定外の行動に戸惑う暇もなく、またたく間に雨は強くなり、痛いほどにその勢いを増す。

「あ、ああ……」

路面から大きく跳ね上がる雨粒《あまつぶ》に弾かれるようにして、篠森は走った。離せ、と揉めることでよけいに濡れるのが嫌で、百合永に手を引かれたまま。

百合永の長身が、偶然ではなく意図的に、自分の二重の雨除けになっていた。

ゲリラ豪雨の襲撃に慌てふためいている通行人たちは誰も、こちらを気にしてなどいない。それでも、ネクタイを締めた男がふたり、雨の中で手を繋いでいるところを奇異な目で見られたらどうしようと戸惑っているからか、胸の鼓動が速くなっていく。まるで、路面を激しく打つ雨とリズムを重ねるかのように。

心臓が跳ね躍るその感覚に何だかむずむずしてしまい、篠森は走る速度を上げた。

全速力で駆けたので、マンションには一分もかからずに着いた。集合玄関の中へ飛びこんだとき、篠森は足もと以外はほとんど濡れていなかったけれど、百合永はスーツのまま泳いだような有様だった。きっと、下着や靴の中まで水浸《みずびた》しだろう。

篠森の闘志《とうし》は雨にすっかり流されてしまっていた。けれども、だからと言って、タクシーにも電車にも乗れないだろう濡れ鼠《ねずみ》の百合永をこのまま追い返すことは、さすがにできなかった。

篠森は百合永を部屋に入れ、すぐ右手の脱衣所へ案内した。

「俺の服のサイズじゃ、百合永さんに合わないだろうし、誰かに着替え、届けてもらえるか？」

「ええ。連絡します」

百合永は、防水機能つきらしいスマートフォンをポケットから取り出す。

「シャワー、使ってくれ。それから、迎えが来るまではバスタオルで我慢してくれ。そこの棚《たな》に入ってる」

洗濯機の上の作りつけの棚を指さして脱衣所を出、篠森は廊下の奥のリビングダイニングに入る。知らない人間の気配のせいで、いつものように玄関まで出てこなかったのだろうと思っていた玲於奈は、ソファと同化するような寝相《ねぞう》でまだ眠っていた。

篠森は濡れたスラックスと靴下を脱いで、庭に面したサンルームに干し、Tシャツとジーンズの部屋着に着替えた。

今晩は白石夫妻に頼んでいなかった玲於奈のトイレの掃除をし、主食として食べ放題にしている牧草《チモシー》の減り具合を確認して桶《おけ》に足す。それから、牧草とは別に与える副食をキッチンで用意した。

このマンションを祖父から生前贈与《ぞうよ》されたのは五年前。篠森が警視庁の捜査一課に籍《せき》を置き、独身寮で暮らしていた頃のことだ。祖父が節税目的で、強引に決めたのだ。叔父夫婦や従姉たちからは、自分たちが受け継ぐはずの財産をかすめ取ったような目で見られ、そのくせ「ほしいわけではないので、そちらでお祖父《じい》さんを説得してほしい」と頼めば、「それじゃまるで、あたしたちがあなたに嫌がらせをしてるみたいじゃない」と眉をひそめられた。

篠森にとって、親族の策謀《さくぼう》や妬《ねた》み嫉《そね》みが絡まったこのマンションは持っていても面倒臭《くさ》いだけの財産で、住む気はなかった。仕事以外に身を入れたいこともないので、定年まで独身寮暮らしでもいいと思っていたくらいだ。

気が変わったきっかけは三年前、ある事件に関与して殺された女のアパートを家宅捜索した際に、子うさぎを保護したことだ。飼い主が死んだあと、「玲於奈」と刻印された可愛らしいネームプレートがついたケージの中でひとりぼっちで弱っていた子うさぎは、大きく成長した場合は中型犬ほどになることもあるフレミッシュジャイアントという種類だった。

それを知った女の遺族は、玲於奈の引き取りを拒否した。保護した縁で、篠森は上司に掛け合い、期限つきで庁舎の中で世話をする許可をもらい、新しい飼い主を探した。しかし、犬や猫と違ってペットとしてはあまりポピュラーではない上に、どれだけ大きくなるかわからないことがネックになって、引き取り手は現れなかった。

そんな玲於奈を、篠森は期限が切れたからと動物愛護センターへ送りこむことはできなかった。フレミッシュジャイアントは、肉がたくさん取れるように品種改良して生まれた食用うさぎだったという歴史を持つらしい。人間の欲を満たすために作り出されたのに、誰からも必要とされない玲於奈の姿が、自分自身と重なって見えたのだ。

篠森は玲於奈を引き取ることに決め、独身寮を出て、このマンションに移った。

大家特権で庭とサンルームがついたこの部屋は1LDK。家具はテーブルとソファセットしか置いていないリビングダイニングで放し飼いにしているが、基本的には庭も含めた家中が玲於奈のテリトリーだ。だから、床材はすべて、肉球のない玲於奈の足裏が傷つかないよう、張り替えてある。

ロメインレタスとカリフラワーを盛りつけた皿を持ってキッチンから出てくると、玲於奈が目を覚ました。

「おはよう、玲於奈」

玲於奈は返事の代わりのような大きなあくびをした。そして、篠森のそばへ寄ってきて、いつものように顎を擦りつけてから、食事を始めた。

レタスを口いっぱいに頬張るこの上なく愛らしい姿に、頬がゆるむ。

玲於奈の前にあぐらをかいて座り、その食事風景を眺めていると、すっかり存在を忘れていた百合永が腰にバスタオルを巻きつけた格好でリビングに入ってきた。

「瑞紀様。シャワー、ありがとうござ……」

二本脚ですくっと立ち、レタスをぱりぱり食む玲於奈を見て、百合永が固まった。

「……何ですか、それ」

「うさぎだ。見ればわかるだろう」

「うさぎとは普通、掌に乗せられるサイズの生き物ではないでしょうか。それは、小熊くらいあるように見えますが」

眉を寄せて、まじまじと玲於奈を観察する百合永の股間《こかん》には、くっきりとした盛り上がりがあった。百合永は変態なので、一瞬、勝負の前の高揚感から勃起《ぼっき》しているのかとぎょっとしたが、どうやら通常形態らしいと気づき、篠森はさらに驚いた。

全長と太さがはっきりとわかるタオル地の盛り上がり方や陰影があまりに卑猥で、篠森は見ているだけで恥ずかしくなり、思わず目を泳がせた。

変態は言動だけでなく、身体の作りも非常識なのだろうか。

「——そんなにでかくないし、玲於奈だって手に乗せられる」

「乗せたら、手首を骨折しそうですね」

そう言って百合永が笑った直後だった。

ふいに玲於奈がレタスをぽとりと落としたかと思うと、百合永の前へどすどすと跳ねて行った。そして、百合永の長い脚目掛けておしっこを飛ばした。

うさぎの知能は猫並みで、しかも玲於奈は賢い。きっと、百合永の物言いにかちんと来たのだろう。そんな玲於奈の行動が予想外過ぎたのか、百合永はまた啞然と固まっている。

だから、じょろじょろと大量に飛ばされた玲於奈のおしっこは、百合永の脚だけでなく、バスタオルにも引っかかった。

「……今日は水難の相が出ているようです」

「そのようだな」

笑いたいのをどうにかこらえて、篠森は頷く。

「シャワー、もう一度お借りします」

ため息を細く落とし、百合永は足音もなく部屋を出て行った。

「でかしたぞ、玲於奈」

篠森は玲於奈の頭を撫《な》で、スキップをしたいような気持ちで粗相《そそう》の始末をした。

「瑞紀様。少々、問題が」

数分後、そう言いながら、手にスマートフォンを持ってリビングに戻ってきた百合永はどういうわけか全裸だった。

「――何て格好してるんだ、あんた」

みっしり茂る陰毛《いんもう》の下でぶらぶらと重たげに揺れるペニスの想像を超える形状に、床を拭いていた篠森は目を剝《む》いて、尻餅《しりもち》をつく。

巨大なのは、わかっていた。だが、直《じか》に目にするそれは、想像を絶して大きかった。みっちりとした太さと信じがたい長さ。使いこまれていることが一目瞭然《いちもくりょうぜん》の赤黒さと、なめらかな張り。息を呑まずにはいられない雁首《かりくび》の高さ。

性器と言うより、もはや肉の剣のようなそのさまに、篠森はただただ驚愕《きょうがく》した。

「もうしわけありません。ですが、もうタオルがありませんでしたので」

「……あ」

指摘され、最近、洗濯《せんたく》をさぼっていたことを思い出す。

「先ほどのバスタオルは、勝手ながら、脱衣所にあったバケツに入れて、洗剤と一緒に浸《つ》けこんでおきました」

「……それは、どうも」

床にぺたんと尻餅をついたまま、篠森は呆《ほう》けた顔で礼を言う。

「ところで、瑞紀様。先ほど、父から連絡がありまして。所用ができたため、迎えが来たら、そのまま帰らねばならなくなりました」

どのみち、篠森はもう戦意を喪失《そうしつ》してしまっていたので、その言葉にほっとした。

けれども、それも束《つか》の間だった。

「そういうわけですので、これから急ぎ、お手合わせ願えるでしょうか」

「……は?」

「は、ではございませんよ、瑞紀様。お約束は守っていただかなければ困ります」

「困るのはこっちだ！　どうして、俺が、猥褻物《わいせつぶつ》をぶらぶらさせた変態と一戦交えなきゃならないんだ！」

「私は何も、好き好んでこんな格好をしているわけではありません」

甘やかな笑みを湛《たた》え、百合永が近づいてくる。長い脚の動きに合わせて、その中央でペニスが弾《はず》む。

寮生活が長かったので、男の裸も、他人のペニスも見慣れている。目に入ったからと言って、どういうことはない。――そのはずなのに、床に腰をつけている篠森のちょうど真正面で揺れ動く巨根の、振動音すら聞こえてきそうな迫力に篠森はすっかり気圧《けお》されてしまっていた。

脚に力が入らず、篠森は後ろ手に床の上をすべって逃げた。だが、逃げたぶんだけ、百合永も間合いを詰めてくる。

「ですが、私は気にしませんので、瑞紀様もどうかお気になさらず」

「無理に決まってるだろう。そんな馬みたいなモノ、目の前でぶらぶらさせられたら、誰だって気が散る！」

「お褒めいただき光栄ですが、心頭滅却《しんとうめっきゃく》すれば火も亦《ま》た涼し、でございます、瑞紀様」

「褒めてないし、心頭滅却したって、熱いものは熱い！　気になるものは、気になるんだ！」

「往生際《おうじょうぎわ》が悪うございますよ。この勝負を言い出されたのは、瑞紀様ではありませんか」

「素っ裸の変態とするとは言ってない」

「お言葉ですが、瑞紀様。私もこんな格好は不本意ですし、こうなった原因は、その小熊のようなうさぎですよ?」

賢いけれど気まぐれで、今度は助太刀《すけだち》をしてくれる気がないらしく、一心不乱にレタスを食み続けている玲於奈を、百合永はちらりと一瞥《いちべつ》する。

「と言うことは、飼い主の瑞紀様の責任。したがって、瑞紀様に文句を言われる資格はないかと存じます。どうせ、一分もあれば片はつくでしょうから、少し我慢なさってください」

「……嫌だ。一分だろうと一秒だろうと、俺は裸の男と取っ組み合いたくはない」

刑事の自分を簡単にねじ伏せる気でいる男にむっとしつつも、分の悪さから声が低くなる。

「仕方ありませんね。では、こうしましょう」

何かを思いついたように言って、微笑んだ百合永の目には嫌な色の光が浮かんでいた。

「私の格好が気になるのは、瑞紀様が服を着ていらっしゃるからでしょう。瑞紀様もお脱ぎになってください」

「――へ?」

耳を疑う言葉が聞こえてきて、声が高く跳ね上がる。

「同じ格好になれば、お互い様と言うことで、気にならなくなるでしょうから」

「そんなわけ、ないだろう! どこの世界に、勝負するのに素っ裸になる馬鹿がいるんだ!」

「古代ギリシャでは、スポーツは全裸でおこなうものでしたよ」

「ここは二十一世紀の東京だ！」

「瑞紀様。一度交わした約束を反故《ほご》にされるのは、男らしくありませんよ」

まるで駄々をこねる子供を諭すような眼差しを放ち、ゆっくりと歩み寄ってくる百合永から、篠森は逃げた。床の上を後ろ手に這う無様な格好で。

篠森が、同期の中でも抜きんでて早い出世でできた年上の部下たちと上手くやれているのは、昇進試験で点を取ることだけが特技ではないからだ。相手がプロの格闘家《かくとうか》だろうと捕獲する自信がある篠森はこれまで、腕に覚えのある凶悪犯や、日本刀や銃を所持する暴力団員を数えきれないほど取り押さえてきた。けれども、全裸の変態男と対峙した経験は一度もない。

百合永がわかりやすい悪人顔をしていれば奮起もできただろうが、その外見はまさにギリシャ彫刻さながらだ。完全無欠の美しい悪魔を目の前にしているようで、情けないけれど爪先《つまさき》から震えが這い上がってきた。篠森は動かない脚を引き摺ってただ後ろへ逃げることしかできなかったが、室内はわずか十畳。ほどなく、背が壁につき、逃げ場を失ってしまう。

「さあ、瑞紀様も服をお脱ぎになってください」

「それ以上、近寄るな、変態！　通報するぞ！」

「わざわざ呼ばなくても、ここにはもう警官がいるじゃありませんか」

艶然と笑んだ百合永が、篠森の前で足をとめる。そして、壁に手をつき、宝石めいた輝きを宿す双眸で篠森を見下ろしたときだった。

部屋の中に電子音が響いた。百合永の手の中で、スマートフォンが鳴っている。百合永は片眉を少し上げ、電話に出た。その隙を逃さず、篠森は転がるようにして立ち上がり、玲於奈を抱きかかえて寝室へ駆けこんだ。

「ぶっ！　ぶっ！　ぶっ！」

食事の邪魔をされ、機嫌を悪くした玲於奈に蹴られながら鍵《かぎ》を掛けた扉の向こうから「瑞紀様」と百合永の声がする。

「迎えが来てしまいましたので、今日はこれで失礼します」

「早く帰れ！」

「ぶっ！　ぶぶっ！」

「では、また」

「またなんてあるか！　金輪際《こんりんざい》、二度と来るな、変態め！」

「金輪際と二度とは、重言でございますよ、瑞紀様」

扉越しに百合永が笑った気配を感じたとき、インターフォンが鳴った。百合永の迎えだろう。

玄関扉が開く音や話し声。それから数分して、再び玄関扉が閉まる音が聞こえた。

静寂の訪れた部屋に、雨音がやけに大きく響いた。

「何だ、篠森。こんなところで行儀が悪い。メシなら、席で座って食えよ」

給湯室で湯をそそいだカップラーメンをそのまま啜っていると、昼食用の茶を淹れにきたらしい盗犯係の係長に眉をひそめられた。

「見逃してください。急ぐんです。今日は道場で地域課が昼稽古やってるでしょう？　あれに混ぜてもらおうと思って」

「昼稽古？　何でまた？」

百合永の夏休みは今日まで。おそらく今晩も現れるだろうあの男を叩きのめすための予行演習だとは言えないので、篠森は「最近、身体がなまってるので」と肩をすくめた。

「川浚いした昨日の今日で、元気な奴だな。どこがなまってんだよ」

盗犯係の係長は苦笑しながら薬缶に水を入れ、カセットコンロに乗せる。

「それにしても、昨夜のゲリラ豪雨が嘘みたいな秋晴れだよな」

そんな言葉に釣られ、篠森は窓の外へ視線をやる。

全裸の変態から逃げることしかできなかった屈辱で寝不足気味の頭では気にする余裕もなかったが、確かに見事な秋晴れで、澄んだ青が網膜に沁みこんでくる。

全裸男と過ごした時間の記憶も、雨と一緒に消えてくれたらよかったのに。

そんなことを思った篠森の隣で、盗犯係の係長が「青空に　きず一つなし　玉の秋」と小《こ》林《ばやし》一茶の句のもじりを詠んだ。

「玉の秋なんて季語、ありましたっけ？」

「ない。ないが、そういう表現がぴったりの清らかな秋空じゃねえか」

「俺には普通の空にしか見せませんけど」

そう率直に返すと、盗犯係の係長が「何て情緒のない奴だ」となぜだか怒り出したので、篠森はラーメンを急いで胃に流しこんで、給湯室を逃げ出した。

そのまま道場へ向かおうとしたが、席でパソコンに向かっていた高林に「係長。机の中でスマホ鳴ってますよ」と呼びとめられた。

サンキュ、と礼を言い、デスクに戻って引き出しを開ける。このプライベート用に掛けてくるのは、管理人の白石夫妻くらいだ。マンションか、玲於奈に何かあったのだろうかと思い、慌てて引き出しから取り出すと、液晶画面に見慣れない番号が浮かんでいた。

一瞬迷って、篠森は「はい」と応答した。

「……はい」

『あ、篠森か？　俺だ、海老塚《えびづか》だ』

聞こえてきた声に、懐かしさが熱くこみ上げてきた。

「先生……。ご無沙汰しています。お元気ですか？」

海老塚隆史《たかし》は、篠森が通っていた室星学園高等部の数学教師で、二年生のときの担任だった。

ここ数年は年賀状で近況報告をするだけになってしまっているが、篠森にとって海老塚はかけがえのない恩師で、多感な十代の頃は唯一尊敬できた大人だった。

室星学園は政財界を支えるエリート層の子弟が多く通う名門私立――と言えば聞こえはいいが、実際は醜い蹴落とし合いが渦巻《うずま》く上流社会の縮図のような場所だった。

生徒間で、教師間で、生徒と教師、あるいは教師と保護者間で、ゆがんだ駆け引きが蔓延《まんえん》していた中で、海老塚は唯一まっとうな教育者たらんとし、それゆえに浮いた存在だった。

ほかの教師のように、親の持つ権力の大小を生徒に反映させることは決してなく、誰の子供だろうと公平に扱った。黙っていれば、知的でやわらかく見える風貌とは裏腹に、おかしいことはおかしいと声高に叫び、授業と部活と生徒の心の指導を熱心におこなっていた。

そんな海老塚の熱血ぶりは、最初は鬱陶《うっとう》しいものだった。だが、思春期特有の厭世観《えんせいかん》に囚《とら》われ、父親にも母親にも必要とされずに生まれてきた自分の命に対して冷めきり、友人などひとりもいなかった篠森は、いつしか海老塚を学校生活の拠《よ》り所《どころ》にしていた。

そして、親から愛されない自分など無価値だと思う虚無に押しつぶされない術《すべ》を、海老塚から教わった。

『お前がどうしても自分のことをそんなふうに感じるんなら、騙されたと思って、人の役に立ってることがつんとダイレクトにわかる仕事に就いてみろ。お前、文系だから、たとえば警察官とかさ。他人からもらう「ありがとう」って感謝の言葉が、お前の人生に意味をくれるぞ、きっとな』

海老塚のくれたその言葉以上に惹かれるものを見つけられなかったので、篠森は大学卒業後、警察官になった。警察社会でも、理不尽だと思うことは数え切れないほど経験した。だが、それでも、篠森は警察官を続けている。海老塚の言った通り、市民にもらう「ありがとう」の声がひび割れた心を潤《うるお》す糧《かて》となったからだ。

『まあ、元気っちゃあ、元気だ。四十過ぎてから急に身体がヨボヨボしてきて、くたばりかけてるがな』

妙に冗談めかした大げさなため息をつき、海老塚は『で、お前のほうは？』と尋ねてきた。

「何とかやっています。俺ももうすっかり、徹夜《てつや》がこたえる歳になりましたが」

『そうか？　昨日、たまたまネットで、お前が神田川《かんだがわ》で亀探してる写真を見つけたが、まだまだ二十代でいける写りだったぞ』

どうやら、海老塚は昨日の野次馬のＳＮＳを目にして、久しぶりの連絡をくれたらしい。

『しかし、亀探しとは、警察の仕事も色々なんだな』

「確かに色々ですが、亀はデマですよ。探していたのは、事件の証拠品です」

何だ、と海老塚が笑う。

『近いうちに会って、お前の警察官ぶり、聞かせてくれないか？　ちょうど、俺もお前に、話したいことがあるんだ』

今年の年賀状に海老塚は離婚したことを書いていた。円満離婚だったらしい。スピード再婚でもするんですか、と冗談を口にしかけた寸前、課長の松中が刑事課へ飛びこんできて「おい、篠森！」と叫んだ。何かあったらしく、松中の顔色はひどく悪い。

「――先生、すみません。またあとで連絡しますので、一旦《いったん》、切らせてください」

『おお。頑張れよ、刑事さん。またな』

電話を切って、松中のもとへ向かうと、強引に腕を引かれ、廊下へ連れ出された。

「お前、何やった。警察庁《サッチョウ》の公安が、お前を出せって乗りこんできたぞ」

「……警視庁《ホンテン》じゃなく、サッチョウが……ですか？」

「ああ。外事だ」

字面と文字数が酷似しているせいで、世間ではよく「警察庁」と「警視庁」は混同されるが、両者は性質がまったく異なる組織だ。

全国四十七都道府県には、それぞれの地方公共団体を管轄する警察機関が置かれている。たとえば、北海道警察や神奈川県警察、大阪府警察などであり、それらの中央実施機関が警察本部だ。「警視庁」とは、東京都の警察の総称、もしくは警察本部のことなので、本来は「東京都警察」や「東京都警察本部」と呼ばれるべきだろう。しかし、東京が首都であるために「警視庁」と特別な名称を与えられている。

要するに、警視庁が東京という地方自治体の中の一機関であるのに対し、警察庁は警察行政を統括《とうかつ》する国家機関だ。その警察庁からの通達は、各都道府県の警察本部を通じて、約二十六万人の警察官たちへ伝えられる。つまり、警察官の管理は各々《おのおの》の自治体でおこなわれるものだけれど、その常に公安警察官は含まれない。

全国の警察本部及び警察署の公安部門に所属する警察官への指令が、警察庁警備局から直接下っているからだ。そのため、とある警察署の公安捜査官がどこでどんな捜査をしているのか、署長はもちろん警察本部長ですら知り得ない、という事態も起こり得る。

そして、警察庁警備局の中でも「外事」と言えば、外国のスパイやテロリストの犯罪捜査を担《にな》う部署だ。

「お前、どっかの国の女スパイにうっかり引っかかったんじゃないだろうな。署長も副署長も、泡《あわ》を食った顔でひっくり返ってるぞ」

署長は来年の三月で定年を迎える。そんな時期に署員が外国のスパイと通じていたことが明るみに出れば、一大事だ。定年を待たずして引責辞職ということもあり得るので、ひっくり返りもするだろうが、篠森にはまったく心当たりがない。

「課長。俺はここへ異動して来てから、接触した外国人女性は事件関係者だけですし、国籍を問わず、プライベートで女性と会ったことは一度もありません」

「……一度もか?」

身に覚えのない嫌疑を晴らすため、篠森は「はい」ときっぱり頷く。

「俺の二十四時間は、仕事とうさぎの世話で消えますので」

「そ、そうか……」

それはそれで心配だという目をしつつ、松中は「とにかく、すぐに一階の応接室へ行け」と命じた。


「失礼します」

疚《やま》しいことは何もない。扉をノックし、毅然《きぜん》と背筋を伸ばして応接室に入った瞬間、篠森は悲鳴を上げそうになった。

上座のソファに長い脚を悠然と組んで座っていたのが、百合永だったからだ。

「――な、な……っ」

警察庁からやって来た公安外事が、変態百合永。もはや、ホラーだ。

「どうぞ、おかけになってください」

扉に背を貼りつけて震える篠森に、百合永が口角をやわらかく上げて告げる。女性ならうっとり見惚《みと》れるだろう甘い笑顔だが、篠森には悪魔の邪悪な冷笑に見えた。

「……警察庁の外事？」

「はい。警備局外事情報部外事課で課長補佐をしております」

警察庁の課長補佐なら、階級は警視。篠森と大して変わらない年で警視ということは、もしかしなくてもキャリアだ。

「……あんた、二宮の家の使用人じゃなかったのか？」

「二宮家には、父とふたりの兄が仕《つか》えております。今回のように旦那様のご用を仰《おお》せつかることも時々ありますが、本業はこちらです」

「……だから、背後霊だったのかよ」

「は？」

「国家権力を使って、俺の行動を監視してたのか、あんた。何、考えてるんだ。公私混同もいいとこだぞ」

「勘違いはなさらないでください。私は、瑞紀様の監視をしたことなどありません」

スリーピーススーツを腹立たしいほど優雅に纏う百合永が、少し困ったような顔で笑んだ。

「嘘をつけ！」

「本当です」

「信じられるか。公安は息をするように嘘をつくからな」

「心外な言われようですが、私は嘘は申しておりません。お伝えしたでしょう？　今は休暇中だと。受付で身分を問われたのでＩＤを見せましたが、私は三日前から一私人として行動しております」

どうやら、百合永の「休暇」とは二宮家から与えられたものではなく、公休だったようだ。

「じゃあ、どうして、いつも俺の後ろからボウフラみたいに涌くんだ」

去年の春樹の葬儀で芳名帳《ほうみょうちょう》に住所を書いたので、百合永がマンションに訪ねてくること自体は不思議ではない。だが、帰宅時間を知っていたり、聞き込み先に篠森と同時刻に現れたりするのは、ストーキングか監視をしていなければできないはずだ。

「初日にお会いできませんでしたので、次の日から大体の頃合いを見計らって、署に電話を掛けて退勤時間を聞きました。家族の者だと言えば、特に怪しまれることもなく、教えてくれましたよ。それから、『ラブ・パラダイス』や川べりでお会いしたのは、ただの偶然ですが、私は今、四六時中《しろくじちゅう》瑞紀様のことを考えているので、その強い気持ちが瑞紀様とのご縁を生んだのかもしれませんね」

さらりと吐かれた言葉に、首筋がぞわりと粟立《あわだ》つ。

「……つまり、あんたの用件って、二宮の家へ戻ってこい、か?」

「はい。瑞紀様のおうちには危険な巨大生物がいますので、昼休みにうかがったほうがゆっくりお話しできるかと思いまして」

そう言って双眸を細めた百合永の背後には、篠森よりも二階級高い階級がちらついて見えた。

「改めて、二宮家にお戻りいただけますか、瑞紀様」

「……それ、命令かよ?」

「いいえ。ですが、持っているカードは使わないと意味がありませんので」

「卑怯《ひきょう》だな、あんた。昨夜のションベンの仕返しかよ」

「……ションベン」

百合永はため息交じりに篠森の言葉を鸚鵡《おうむ》返しして、「春樹様はそのような俗語は使われませんでした」と悲しそうに言った。

「ご幼少のみぎりに二宮家を離れられたとは言え、篠森家は名家中の名家で、瑞紀様も春樹様と同じく室星で教育をお受けになられたはずなのに、どこでどう間違って、こうなられたのでしょうか……」

「これが俺だ。文句を言われる筋合いはないし、あんたの話を聞く気もない。帰ってくれ」

きっと気を揉《も》んで上がっているだろう署長の血圧を早く下げに行こうと、扉のノブに手を掛けた背後から「篠森警部補」と呼ばれた。

やわらかさも甘さもない、背中から切りつけるような鋭い声だった。

「座りなさい、篠森警部補」

雰囲気を一変させた百合永に、篠森は従った。上役の発した命令に逆らうことをよしとしない、自分の警察官としての性《さが》を恨《うら》めしく思いながら。

「ありがとうございます。二宮家へお戻りいただきたい、ということのほかにも、聞いていただきたい話があります」

口調を元に戻し、百合永は言った。

「一昨日も昨日もお伝えできませんでしたが、実は旦那様がお倒れになりました。命に別状はありませんが、春樹様を亡くされた心労が祟《たた》られたのでしょう。二、三ヵ月の休養が必要と診断され、今、入院されておいでです」

「へえ……」

自分を捨てた親でも、死ねばいい、などとはさすがに思わない代わりに、特にこれと言って何の感想も湧かなかった。

「先ほど、何か勘違いをされて焦《あせ》っていた署長と副署長から、瑞紀様の勤務態度を事細かに聞かされ、図らずも、瑞紀様が大変な情熱と誇りを持って勤務されておられることがわかりました。ですから、警察を辞めろとはもう申しません。一晩だけで結構です。二宮家のために一肌脱いでいただけないでしょうか?」

「……一晩だけ?」

「はい。二宮家では毎年秋に、各界の著名人を招待してのパーティーを開催いたします。覚えておいでですか?」

「……ああ。楓葉会《ふうようかい》だろ」

小学生の頃、二宮の祖母に招待され、一、二度、顔を出したことがある。

「二宮家にとっては、とても意味のある伝統行事です。去年は春樹様が亡くなられて間がなかったため中止いたしましたが、二年続けての中止はぜひとも避けたいと旦那様はお考えです。

そこで、瑞紀様に旦那様の代役として主人役《ホスト》を務めていただきたいのです」

「無理だろ」

篠森は反射的に返す。

「二宮の家の交友関係を一切知らない俺に務まるはずがない」

「ご安心を。ちゃんとお教えいたしますので」

「楓葉会って出席者は千人規模だろ。そんな人数の相関関係、いつ覚えるんだよ？」

「その時間はサービスしていただければ、幸いです」

「しれっと言うなよ」

篠森は眉根を寄せ、髪を掻き上げる。

「とにかく、断る。あの家にとっての大事な行事ならなおさら、客をもてなす役は二宮夫人か、千郷がやればいいだろう」

「それは無理です。二宮家が催すパーティーの主人役は、家長もしくは嗣子《しし》が務めると決まっておりますので」

「時代に合ってない決まりは改定すべきだ」

「千郷様も、同じように仰っておられます」

百合永の美しい双眸が、甘やかにたわむ。

「千郷が？」

「はい。春樹様の喪が明けて、親族会議で跡継ぎ問題が上がった際、女だから家を継げないのはおかしい、と。千郷様は弁護士でいらっしゃいますので、自己主張が大変はっきりしておられます」

「へえ。千郷、弁護士なのか？」

一年前の春樹の葬儀で、四歳年下の異母妹の千郷に十数年ぶりに会った。——と言うより、遠目に姿を見た。

篠森は父親の新しい家族に特に悪感情はないけれど、あちら側の気持ちはわからない。たぶん、普通に考えれば忌々《いまいま》しい存在だろう自分の顔を、春樹の葬儀の場で見たくないだろうと思い、声は掛けなかった。

葬儀では、父親と執事の百合永と、ほんの挨拶《あいさつ》ていどの言葉を交わしただけだ。だから、千郷がどんな職に就いているのかも知らなかった。

「なかなかのやり手でいらっしゃいますよ。室星の理事も務めておられますしね。千郷様には二宮家初の女当主になられる力量がおありで、千郷様を跡継ぎに推《お》すご親族の方も何人かいらっしゃいます」

「だったら、なおのこと、千郷に任せればいいじゃないか」

「実を申しますと、私もそう思っておりましたが、この三日で考えを変えました。正確には、瑞紀様のお人柄《ひとがら》に魅せられました」

自分にまっすぐに向く眼差《まなざ》しに、篠森は戸惑った。

「——魅せられた、って……」

「二宮家の皆様は代々どなたも大変優秀でいらっしゃいますが、巨大財閥《ざいばつ》を単に維持するだけではなく、成長させ続けるために必要な非情さもお持ちです。旦那様はもちろん、千郷様にもその気質は見受けられます。かく言う私も、愚か者は嫌いですので、無能な部下は即刻排除します。しかし、瑞紀様は不出来な者でもその芽を伸ばそうとされる心の広さをお持ちです。それに、先ほど、副署長からあの巨大うさぎを瑞紀様が飼われるに至った経緯《けいい》を聞きましたが、庁舎に泊まりこんで世話をされていたという瑞紀様のお優しさに感銘《かんめい》を受けました」

篠森が玲於奈を保護したときの直属の上司は、今の副署長だ。愚かにも女スパイに引っかかったらしい部下の情状《じょうじょう》酌量《しゃくりょう》になると考え、当時のことを話したのだろう。

「私は、瑞紀様が当主になられたら、二宮家はおもしろく変わるのではないかと思っております。ですので、欲を言えば、瑞紀様に旦那様の後を継いでいただきたいです。しかし、瑞紀様には瑞紀様の人生があることも承知しております。二宮家へお戻りいただくことが叶わないのであれば、せめて楓葉会が開催されるまでのひと月、おそばでお仕えし、瑞紀様のことをもっと知りたいと思っております」

市民にもらう「ありがとう」の一言が心を潤す糧になるように、面と向かって自分を必要だと訴える、まるで告白のような熱い言葉は篠森の胸に刺さった。

大きく揺さぶられた心に迷いが生じ、だが、すぐに正気づく。今、目の前にいる百合永はスリーピーススーツに身を固めた極上の美形で、だからうっかり惑わされかけたが、この男は猥褻物を恥ずかしげもなくぶらぶらさせて、勝負を挑んでくるような変態だ。真っ昼間に、尻尾つきのアナルパールをシリーズ買いする超弩級《どきゅう》の変態だ。

そんな男に「あなたのことをもっと知りたい」などと言われても、よく考えれば嬉しくない。

「俺の答えは、ノーだ、百合永さん」

強く声を放ち、篠森は立ち上がる。

「どんな甘言でくどかれても、俺の考えは変わらない」

「難攻不落でいらっしゃいますね、瑞紀様は。却って、燃えます」

百合永は流れる動作で脚を組み替え、余裕たっぷりに笑った。

「燃えるな。燃え尽きろ、変態め」

「全国約三十万の警察職員の中で、私を変態呼ばわりするのは、瑞紀様おひとりですよ。特別な絆を感じて、少々、興奮いたします」

「あんた、黙ってりゃ文句なしのいい男なのに、ほんと変態だよな」

鼻筋に皺を刻んで、篠森は甘く微笑む百合永を睨《にら》む。

「俺は確かに春樹と同じように高校までは室星で教育を受けたが、あそこの水はてんで合わなかったし、むさい待機寮暮らしが長かったから、今更お上品なセレブの世界には馴染めない。

ヤクザと怒鳴り合ってるほうが、よっぽど性《しょう》に合う。あんたがどんな魔法の杖《つえ》を振ろうが、俺はあんたが望む二宮家のお坊ちゃまにはなれないんだよ。だから、さっさと俺のことは諦めて、千郷が跡を継ぐことに反対してる化石頭を説得してくれ」

早口で言いながら、篠森は扉口へ向かう。

「それから、俺は警察官として上役に手を上げることはできない。あの約束は、なかったことにしてくれ。あんたがサッチョウのキャリアだって知ってたら、元々しなかった約束だ。文句は受けつけない」

百合永の話をすべて聞いた上で、きっぱり拒絶したのが功を奏したのか、あるいは単に夏期休暇が終わってそんな暇がなくなったのか——。理由はわからないが、署の応接室で別れて以来、百合永は姿を現さなくなった。

そのことには清々したけれど、外国人マフィア同士の小競り合いが発生し、組織犯罪対策課の応援に駆り出されたり、新宿北署へ異動してきたこの二年間は仕事とうさぎの世話しかしていないと胸を張ったせいか、署長から「彼女は動物が好きな動物看護師だ。どうだ、お前好みだろう」と見合い話を持ちかけられ、断るのに一苦労したりで、息をつく暇もなく日々は過ぎていった。

だから、海老塚に連絡し忘れていたのを思い出したのは、一週間近くが経った帰り支度中の夕方だった。慌てて電話を掛けてみると『はい』と応答したのは、女の声だった。

「あの、この番号は海老塚さんのものでは……？」

スマートフォンの電話帳を使って掛けたので、固定電話のように掛け間違ったということはあり得ない。怪訝に思いながら尋ねた篠森に、女の声が『そうです』と答えた。

『篠森さん、とお名前が出ていましたが、海老塚の教え子の篠森さんでしょうか？』

「はい。失礼ですが……」

『あ、すみません。私、海老塚の元家内で、藤野愛美《ふじのまなみ》と申します』

「それは、どうも……。あの、ところで先生は……」

先日の「話したいこと」は元妻とよりを戻す、ということだったのだろうか。だが、関係が修復できたのだとしても、よほどのことがない限り、海老塚に掛かってきた電話に出たりはしないはずだ。嫌な予感を覚えながら尋ねた篠森に、藤野は静かな声で告げた。

『亡くなったんです。三日前に、酔って歩道橋から転落して……。昨日が葬儀でした』

海老塚の身内は疎遠《そえん》な兄の一家だけだったらしい。喪主は兄が務めたものの、遺品の整理は藤野がしているという。

「一週間くらい前に、頼まれたんです。元々仲のよくない兄弟で、お兄さんに自分の生きた証を雑に扱われるのは嫌だから、自分に何かあったら、この家のことをよろしくって」

署を出た足で、世田谷《せたがや》にある海老塚の家へ弔問《ちょうもん》に訪れた篠森に、藤野はそう言った。

「子供がいなかったこともあって、夫婦だった頃は、彼も私も仕事優先ですれ違ってばかりでしたけど、離婚してからは、お互い一番仲のいい友人でしたので」

「あの、すみません。一週間前に頼まれたとは、どういうことですか？　先生は事故死ではないんですか？」

「警察には、事故だと言われました」

海老塚が事故死したのは三日前の九月十日の日曜日——篠森に電話を掛けてきた二日後の深夜。現場は南池袋、明治通りの歩道橋。捜査をしたのは池袋中央署《いけぶくろちゅうおうしょ》だという。

「篠森さんは、警察の方ですよね？」

「はい。新宿北署に勤務しています」

「海老塚は泥臭《どろくさ》い熱血タイプでしたから、室星みたいなお坊ちゃま学校って合ってなかったと思うんです。職員室でも浮いていたみたいですし。私は何度も学校を変わったほうがいいって勧めたんですけどね……。大学ですごくお世話になったゼミの先生に紹介してもらったから、辞めたら先生の顔を潰すことになる、それはできないって……」

馬鹿みたい、と藤野は呟いた。

「あの人、毎年、受け持ってるクラスの子全員に年賀状を出してたんですけど、生徒からはほとんど届かなくて。でも、篠森さんは毎年……、卒業してもずっと送ってくれてたでしょう？だから、私も篠森さんのお名前を覚えちゃって」

「私にとって、海老塚先生は心から尊敬できる恩師でした」

ありがとうございます、と藤野が目を細める。

「海老塚、あまり学校のことを口にはしませんでしたけど、あなたのことは時々話していましたよ。警察官になったって報告をもらったときは、自分のアドバイスを覚えていてくれたんだって泣いて喜んでました」

「そう、でしたか……」

ええ、と藤野は泣き笑いの表情で頷く。

「こんなことをお願いしていいのかわかりませんが……、私、海老塚の死が納得できないんです。海老塚はお酒はほとんど飲みませんでしたし、夜出歩くこともありませんでした。なのに、日曜の夜遅くに、行く理由もない池袋で泥酔して歩道橋から落ちたなんて……。しかも、自分に何かあったら遺品整理を頼む、なんて電話を掛けてきた二日後に。そんなタイミングで事故で死ぬなんて偶然、絶対におかしいと思うんです」

でも、と言葉を継いだ声が揺れる。

「そのことを伝えても、警察の人はまったく取り合ってくれなくて……。離婚した一年のあいだに酒を飲むようになったんだろう、池袋に行きつけの店でもできたんだろうって。もしかしたら、そうなのかもしれませんが、今のままじゃ……、こんな何もわからない状態じゃ、納得できないんです。だから……、お願いです、篠森さん。調べてもらえませんか？」

元妻に死を匂《にお》わせ、刑事になった元教え子に突然連絡を取った直後の転落死。単なる事故にしては、確かに不審な点が多い。

「先生のスマホか手帳、拝見できますか？」

篠森の問いかけに、藤野は首を振った。

「手帳は使わない人でした。予定は全部、スマホのカレンダーに書きこむので。でも、そのスマホは見つかってなくて……。何かの弾みで歩道橋から車道へ落ちて、走行中の車がどこかへ運んでしまったんじゃないか、と刑事さんが……」

絶対にあり得ないことではないが、所有者の生活記録の大半が詰まったスマートフォンが「何かの弾みで」消えたとは、ずいぶん都合のいい話だ。感じるきな臭さがますます濃くなる。

篠森は藤野と手分けをして、遺品を調べた。新婚時代から、離婚後もそのままずっと海老塚が住んでいたという部屋の間取りは2K。特に不審なものは見当たらず、何かあったときには初期化して処分してくれ、とパスワードを伝えられていたというノートパソコンとタブレットを預かって持って帰り、一晩掛けて調べた。

だが、海老塚の死に関連していそうなものは何も発見できなかった。保存されていたファイルやウェブサイトの閲覧記録などからは、数学と教育の研究に人生を捧げる真面目すぎるほど真面目な海老塚の姿しか見えてこなかった。

寝不足で登庁したその日、篠森は空き時間に池袋中央署へ赴《おもむ》き、事の次第を告げた。しかし、海老塚の事故死を担当した刑事からは迷惑そうに「あれは酔っ払いの不運な事故ですよ」と告げられただけだった。捜査資料を見せてほしいと頼んでも、けんもほろろに断られた。

そして、署へ戻るなり、課長の松中に呼び出された。

「篠森。お前、池袋で起きた転落死事故を事件だって騒いでるそうだな。池袋から抗議があったぞ。亡くなったの、お前の高校の恩師なんだって？　ま、酔って歩道橋から落ちた、なんて、聞こえのいい死に方じゃないからな。教え子のお前が、受け入れがたいと思うのはわからんでもないが、個人的な感情で警察を引っかき回すな」

「個人的な感情が皆無と言えば嘘になりますが、刑事として客観的な目で見て不審だと」

「篠森」

松中が篠森の言葉を遮り、鋭い声を発する。

「あと半年で署長が定年だってときに、面倒を起こすな。大体、高校の恩師だったから、なんて個人的にもほどがある理由で片のついた事故を突っついて、結局何も出てこなかったら、お前の経歴に傷がつくぞ。下手《へた》したら、監察に、感情の抑制ができない不良刑事だって目をつけられかねん。この件からは、手を引け。いいな」

その場では大人しく諦めた顔で「はい」と応じたものの、やはり気になった。松中はおそらく、詳細は知らずに、署長を介して来た池袋中央署の抗議を単にそのまま伝えているだけだろう。篠森のキャリアと署長の定年のことを本気で思案して。刑事課課長として至極まっとうな対応だ。しかし、池袋中央署の動きは不自然に思えてならなかった。事故だと断定した件を部外者が掘り起こそうとすれば、気分を害しても仕方ない。篠森も自分がその立場ならきっと腹を立てただろうから、鬱陶《うっとう》しがられるのはわかる。

しかし、事件性を疑う者がひとりではなく、ふたりいれば、再捜査を――少なくともその検討をするのがまともな警察の対応だ。なのに、聞く耳をまるで持とうとしない池袋中央署の態度は、不可解だった。

篠森は捜査一課時代の元同僚たちに連絡を取り、池袋中央署に話を聞かせてくれそうな知人がいないか調べてみた。すると、独身寮で一時期相部屋だった先輩が池袋中央署の刑事課へ異動してきたばかりだという。

すぐに連絡を取り、死体発見時の状況を知りたいと頼んだ。引き受けてくれた先輩から返事が来たのは、二日後だった。

『あの転落死な、かなりヤバい物件みたいだぞ。上からから圧力が掛かってる』

「――上ってどこです？」

『さあな。俺はこれ以上、関わりたくない。お前も、首を突っこまないのが身のためだぞ』

それから一週間ほどが経った日曜日の午後二時。

篠森はある決意を胸に二宮家の門前に立っていた。約二十年ぶりに訪れる生家は、記憶の中と何も変わらず、都心の一等地でこんもりとした緑に囲まれて佇んでいた。

インターフォンを押すと『はい』と平坦な男の声が返ってきた。執事の百合永でも、もちろん父親のものでもない、知らない声だった。

「篠森瑞紀です。百合永倫成さんにお会いしたいのですが」

『お約束はございますか？』

突然の訪問者を警戒する口調だった。この声の主は、やはり篠森が二宮家に通わなくなったあとに雇《やと》われた者なのだろう。

「いえ。でも、篠森瑞紀だと伝えてもらえれば、会ってくれると思いますが」

『……少々お待ちください』

しばらくして『お入りください』と声が聞こえ、門が自動的に開く。緑が生い茂る前庭を抜けて、ステンドグラスが嵌めこまれた正面玄関のベルを鳴らす。すぐにダークスーツを纏う若い男が現れ、応接室に案内された。

自分のことを知らない者なら二宮夫人に報告したりはしないだろうが、執事の百合永に「息子さんにお客様です」などと話されたら面倒なことになるかもしれない。そんなことを考えて、最初は少し緊張していたが、邸内はずいぶんと静かだった。少なくとも、応接室の周辺に誰かがいるような気配はまったくない。

その静けさに胸が凪ぐ。それから、ふいにふわりと懐かしさが込み上げてきた。

西洋の荘厳な城を思わせるこの古い洋館に足を踏み入れて感じるのは、きっと殺伐《さつばつ》とした気持ちだろうと思っていたけれど、想像とは違うものが心を震わせている。

窓辺のソファに腰掛け、イギリス式庭園を眺めながら百合永を待つうちに、胸から溢れ出てきたノスタルジーに突き動かされて、篠森は窓からテラスへ出た。

そのまま庭へ下りたとき、どこからか「ミッチー！」と子供の声が聞こえてきた。

「まって、ミッチー！」

「たかいたかい、もういっかい！」

「もういっかい！」

声のするほうを見ると、ネクタイを締めたベスト姿の百合永の脚に、四、五歳ほどの男の子が三人、絡みついていた。

千郷は独身だし、春樹もそうだった。この屋敷に家族で住まうことを許されているのは百合永の者だけなので、甥《おい》っ子《こ》たちだろうか。

「ミッチーじゃない。叔父さんと呼びなさい」

「えー。ミッチー、おじさんじゃないよー?」

「おひげ、はえてないもん」

「ミッチー、たかいたかいして!」

「本当に、これが最後だぞ」

ため息交じりに言って、百合永は子供たちをひとりずつ高く持ち上げた。きゃっきゃっと弾む子供たちの声が、晴れた空に吸いこまれてゆく。

「ほら、おしまいだ。叔父さんは用がある。お母さんのところに帰りなさい」

最後の子供を上げて下ろし、百合永が言う。子供たちは「はーい」と返事をして、庭を駆けていった。その楽しげな後ろ姿を見送っていた百合永が、ふと篠森に気づいて顔を向けた。

「瑞紀様。お待たせしてすみません。所用の途中だったり、甥っ子軍団に絡まれたりしていたものですから」

「……日曜でもネクタイなんだな」

「私の仕事は基本的に年中無休のようなものですから。瑞紀様は、今日はカレンダー通りにお休みですか?」

「その予定じゃなかったが、無理やり休んだ。キャリアなら、日曜は家にいるかと思って」

「いつもいるわけではないですよ。連絡を下さったら、私が出向きましたのに」

百合永は笑って、篠森に向ける黒い双眸を細めた。

「休日なのに、瑞紀様もスーツなんですね。短パンとビーチサンダルかと思いましたが」

「そんな格好じゃ、門前払いされるだろ」

「まあ、確かに。先ほど対応したのは、瑞紀様のことを知らない新しい者でしたしね」

やわらかく頷いた百合永に、篠森は「少し、時間、ありますか?」と尋ねた。

口調を改めた篠森を見て、面白がるように片眉を上げた百合永に、裏門の近くの離れへ案内された。二宮邸の広い敷地内には、離れが何軒か点在している。百合永が、今ひとりで寝起きしているというそのこぢんまりした平屋は、篠森が存在を知らなかった建物だった。


リビングのソファで向き合い、篠森の話を聞き終えた百合永は「なるほど」と頷いた。

「二宮家へお戻りになられる代わりに、その海老塚氏の事故死の真相を私に調べてほしい、というわけですね?」

「そうだ。辞表はもう書いた」

百合永の立場なら、警察内部の大抵の情報へアクセスできるだろう。だからと言って、百合永に頼むのは筋違いで、それこそ公私混同だ。

わかってはいるが、篠森は、もしかしたら自身の死を予感していたかもしれない海老塚が、自分に何を伝えようとしていたのかを知りたかった。どうしても。

それに、そもそも篠森が警察官になったのは、海老塚のアドバイスがあったからだ。海老塚の死の真相を突き止めるのが、自分の役割のように思えてならなかったし、何より、この件の背後で蠢《うごめ》いているものが何なのかは不明だが、海老塚の死が事故ではなく事件だったのなら、このまま闇に葬《ほうむ》られていいはずがない。

「書いた、ということは、まだ出されてないのでしょうか？」

「ああ。明日、出すつもりだ」

「よかったです。出されたあとでは、辞め損になってしまうところでした」

「え？」

「二宮家は、千郷様が継がれることになりました。ですから、瑞紀様にお戻りいただく必要はもうなくなりました」

持っていたつもりの手札が泡と消えてしまい、篠森は戸惑う。

「……つまり、俺の頼みは聞いてもらえない、ということか？」

「公安は確かに他部署とは違った動きが許されていますが、それでもルールがありますし、私はまだ三十三の課長補佐ですからね。瑞紀様がどんなイメージを持たれているかは存じませんが、実際のところ、私に大した権限はありません」

篠森の問いに「イエス」とも「ノー」とも答えていない、含みを持った言葉だった。

「……それは、調べるのは不可能ということか？　それとも、やろうと思えば可能だが、したくない、ということか？」

「後者です。私はもっと出世がしたいので、危ない橋は渡りたくありません」

「――辞表の代わりになるものはないのか？」

今、篠森が頼れるのは、百合永だけだ。

必死で縋《すが》るように向けた目に、優美な笑みが返される。

「そんなに海老塚氏の死の真相をお知りになりたいのですか？」

「ああ。どうしても知りたい」

「では、私と一対一で取引をなさいますか？」

「取引？」

「そうです。実を言うと、私はこの件の詳細は存じませんが、海老塚氏がなぜ亡くなったかは知っておりますので」

告げられた言葉に驚き、篠森は大きく目を見開く。

「触りだけお教えすると、隠蔽《いんぺい》工作の首謀者のひとりは室星学園の理事長です。そして、学園の中では、理事長のほかにも幾人《いくにん》かの理事が真相を知っています」

「……その何人かの理事の中には、千郷も入っているのか？」

「ええ。ですので、私も思いがけず、この件の秘密を知ってしまいました。千郷様を含め、学園の理事たちは決して口を開かないでしょう。守秘義務と学園の名誉を守る義務がありますから。しかし、私は学園とは関係のない人間ですので、瑞紀様が取引に応じてくださるのであれば、お話しいたしましょう」

「俺は何をすればいい？　何でもする。言ってくれ」

勢い込んで身を乗り出した篠森を見やり、百合永はその目の色を奇妙に濃くした。

「念のための確認ですが、瑞紀様には今、お付き合いされている方はいらっしゃいませんよね？」

「あ、ああ……」

脈絡の読めない質問を怪訝《けげん》に思いつつ、篠森は頷く。

「ちなみに私もおりませんので、抱かせてください」

「――だ……？」

一瞬、何を言われているのか理解できず、篠森はぽかんと首を傾げた。

「私はゲイだと言いましたよね？　覚えておいでですか？」

「ああ、覚えている……」

「実は私は普通のゲイではなく、尻尾を生やした男にしか興奮できないゲイ、でした」

「……でした？」

「ええ。どういうわけか、最近、あれほど愛していた尻尾にあまりそそられないのです。ですが、かと言って、尻尾以上に興奮できるものもなく」

告げて、百合永は肩をすくめる。

「べつに不能になったわけではありませんが、もしかしたらこのまま心が枯れてしまうのではないかと少々心配しておりました。ですので、尻尾をつけた瑞紀様を抱かせていただきたいのです。二宮家を出られたとは言え、瑞紀様は旦那様のご長男。性的対象として見てはならない禁忌《きんき》の方だからこそ、ベッドの上で尻尾を振って乱れる瑞紀様を見れば、減退した欲望が蘇《よみがえ》って再び漲《みなぎ》るかもしれませんから」

それに、と百合永は美しい笑みを湛《たた》えて柔らかな声で紡《つむ》ぐ。

「瑞紀様は大変、私の好みですので」

篠森には百合永の思考回路がよく理解できず、胸の中は疑問符だらけだった。

けれども、迷いはなかった。篠森はどうしても、海老塚が死んでしまった理由を知りたい。

現状では警察内部の協力者は得られそうにないし、関係性を考えれば千郷に訊くということも無理だろう。篠森にとって、縋れる藁《わら》は百合永だけだ。三十を過ぎた男の身体に価値があるとも思えないが、百合永がほしいと言うなら、熨斗《のし》ならぬ尻尾をつけて差し出すまでだ。

百合永をまっすぐに見据え、篠森は「わかった」と頷いた。


連れて行かれた寝室は、セミダブルのベッドと、そのサイドにテーブルとひとり掛けの大きなソファが置かれただけの、飾り気のないすっきりした洋間だった。

壁の二面に採光用の細長い高窓があり、磨《す》りガラス越しに蟬の声が漏れてくる。

「少々、お待ちを」

そう言って、百合永はウォークインクローゼットの中に入り、すぐに黒い布張りの箱を持って出てきた。サイドテーブルに置き、蓋《ふた》を開ける。

それは、大人のオモチャ箱だったようだ。中には、何本もの尻尾つきのアナルパールやローション類などがぎっしり詰まっていた。

「瑞紀様は色白でいらっしゃいますので、色の濃い尻尾がお似合いになりますよ、きっと」

まるでネクタイか何かを選ぶような口ぶりで、百合永はアナルパールの尻尾の色を吟味《ぎんみ》しはじめた。

「お好みの色はございますか？」

ベッドの上に、黒や赤、黒銀、焦《こ》げ茶色などの尻尾がついたアナルパールが並べられる。

狐か犬か長毛種の猫か、何の尻尾なのかいまいちわからないふさふさとした長い尻尾よりも、その先端のアナルパールのほうに目が行ってしまう。

これから自分の中に入るものだと思うと、徐々に大きさを変える玉がぼこぼこと連なるさまや、つるりとした無機質な光り具合が、やけに卑猥なものに見えた。

「……ない。百合永さんの好きなものを選んでくれ」

百合永からも、ベッドの上のアナルパールからも視線を逸《そ》らして言い、篠森は着ていたスーツを自分から脱いだ。上着、ネクタイ、スラックス。篠森は着ているものをただ淡々と脱いで、床に落とす。意識すればしたぶんだけ、よけいに恥ずかしくなるので腹を括っただけだけれど、大胆《だいたん》とも取れるその行動は百合永を面白がらせたようだ。

「もしかして、瑞紀様は男と経験がおありですか?」

「あるわけないだろ」

異性とすらないのに。口にはできないそんな言葉の代わりにため息をつき、篠森はワイシャツのボタンを外して肌から落とす。

「シャワー、借りていいか?」

「駄目です」

「……何でだよ」

「瑞紀様の匂《にお》いを嗅《か》ぎたいからです」

艶然と笑んで、百合永が言う。

「男とは、自分の下で喘《あえ》ぐ者が発する甘美な匂いに興奮する生き物です。瑞紀様もおわかりでしょう?」

わからない。それは男一般には当てはまらない特殊な好みではないかと思いつつ、篠森は曖《あい》昧《まい》に首を動かしてローライズのボクサーパンツを脱ごうとした。

だが、手首を百合永に摑まれ、制された。

「それは、あとで私にやらせてください」

男の指は、すぐに手首から離れた。痛くはなかったが、想像以上に力強かったその感触に戸惑う篠森の前で、百合永も服を脱ぐ。

どんな身体をしているのか、もう知ってはいるけれど、目のやり場に困ったし、百合永が脱ぎ終わるまでどこで何をして待っていればいいからわからず、やはり困った。

視線をうろうろ泳がせながら突っ立っていると、いつの間にか下着一枚になっていた百合永がベッドのふちに腰を下ろした。

「瑞紀様、ここに座ってください」

ここ、と百合永がその掌を弾ませたのは、自分の膝の上だった。

まだ何もしていないのに、百合永の股間が大きく盛り上がっていることに気づき、反射的に後退りかけたが、すんでのところで思いとどまった。

――これは、自分で選んだ取引だ。

今、ここにいる目的を自分に言い聞かせ、篠森は小さく息を吸って百合永の脚の上に座った。

直後、下腹部に絡みついてきた腕に、ぐいっと後ろへ引き寄せられた。

背中が百合永に密着する。肌のなめらかさや体温と同時に、胸筋や腹筋の雄々《おお》しい硬さを感じた。そして、腰骨の辺りに当たっている猛《たけ》りの息づきも。

布越しでもはっきりと熱いと感じるそれの大きさと巌《いわお》のようにごりごりした硬さに、篠森は息を詰めた。

「私の膝の上に、踵を乗せてください」

息を細く震わせて、男の言葉に従う。左脚を折り曲げて百合永の膝の上に置くと、靴下を抜き取られた。普段なら何でもない、靴下の薄い布が肌をすべる感触に、腰がかすかに跳ねた。

「思わず口づけたくなる美しい脚ですね」

篠森のくるぶしを擽《くすぐ》って笑い、百合永はもう片方の脚も上げさせて、靴下を引き抜く。

「寮にいるあいだ、誰かに舐《な》められたりしませんでしたか?」

耳朶《じだ》に感じる吐息に、背筋がぞわりと波打つ。

「……っ。されるわけ、ないだろっ。真面目な、警察官ばかり、だったんだ。あんたとは……、違う」

「まるで、私が不真面目な警察官のように聞こえますよ?」

甘い笑みを含んだ声で言って、百合永はサイドテーブルに手を伸ばす。

「真面目な警察官は、アナルパールを、シリーズ買いしたりは、しない」

「それは偏見というものでございますよ、瑞紀様。アナルパールをたくさん持っていても、私は真面目に仕事をしております。趣味と仕事は別ものですので」

わかるような、わからないようなことを耳もとで告げた男の右手が、ふいに篠森の下着の中へもぐりこんできた。

「あっ」

まだやわらかいペニスが陰嚢《いんのう》ごと大きな掌で包みこむように持ち上げられたかと思うと、その奥の会陰《えいん》にぬるりと触れられた。

敏感な皮膚《ひふ》をぬりぬりとこするそれは、指ではなかった。——百合永の指のはずなのに、弾力のある小さな突起を無数に感じる。

「——やっ」

驚いて、腰が跳ねた弾みで、奇妙な形をした指をあらぬ場所へすべらせてしまった。後孔《こうこう》をぬぷっと突かれ、窄《すぼ》まりの襞《ひだ》がめくれる。

「ああっ」

浅く埋まった指先が、ゆっくりと前後する。にゅぽっにゅぽっと小刻みに襞をめくられては巻きこまれながら、無数の小さな突起に粘膜をこすりえぐられ、足先に震えが走る。

「や、やめ……っ。あ、あ、あっ」

ペニスをしごくだけの自慰《じい》とは比べものにならない、快楽神経を突き刺すような刺激に、眦《まなじり》が熱く潤む。

咄嗟に逃げようとして、腰を浮かせかけたときだった。

背後から回ってきた百合永のもう片方の手が篠森の胸を這《は》い、左の乳首をこすった。

たくさんのしなやかな粒《つぶ》が、いっせいに篠森の乳首をなぶる。根元からぐにぐにと揉《も》み転《ころ》がされ、その刺激に硬くこごって芽吹いた頂《いただき》をずりっと潰される。

「ひぅぅっ」

一瞬、眼前が霞《かす》み、下肢《かし》の力が抜ける。腰が落ちた自重で、百合永の指を深い場所まで誘いこんでしまう。

「あああぁ――っ」

ずぬぬぬぬっと肉を一気に掘りこまれた衝撃で、誰のものかと耳を疑うような高い嬌声《きょうせい》が尾を引いて散った。

腰の奥から込み上げてきた熱が、篠森のペニスを昂《たかぶ》らせる。下着の中で反り返ったそれは、狭さに不満を訴えるように下着の布地を高く押し上げてくねった。

「大人の指サック、気に入っていただけたようですね」

その言葉に、篠森はようやく、百合永が指に嵌《は》めているものに気づく。

図らずも鉢合わせしたアダルトショップで、アナルパールをシリーズ買いした百合永にロシア人店員がサービス品として贈った「乳首によし、アナルによし」の指サックだ。

後孔を苛《さいな》む指がやけにぬるついているのは、篠森が気づかないうちにローションをつけていたからだろう。

「な、い……っ。あっ、あっ……、や、ぁ……っ」

「本当ですか？　乳首もペニスも、こんなに硬く勃起しているのに？」

そのことを思い知らせるように、百合永が左右の手を蠢《うごめ》かした。

「――あっ、は……、ぁっ」

長い指の先をびっしりと覆う半透明の隆起が、篠森の乳首を弾いて、押しつぶす。そのつど、たまらない快感が湧き、こらえきれずに腰を振ると、隘路《あいろ》の肉もずりずりと突起物に捏《こ》ねつかれ、どうしようもなくなる。

脳裏でぱちぱちと弾ける歓喜に篠森は喘ぎ声を散らし、下着の中でびくびくとくねるペニスから淫液を滴《したた》らせた。

「刑事なのに、嘘はいけませんよ、瑞紀様。本当にお嫌ですか？」

意地悪く笑った百合永が、篠森の乳首と後孔の肉を同時に揉みしだく。

「あっ、あぁっ」

「瑞紀様。ちゃんと言葉でお答えください。この指サックは、お嫌ですか？」

「……や、じゃ、ない……っ」

自分で選んだ行為で犯されているわけではないからか、あるいは百合永の施《ほどこ》す愛撫が巧みすぎるからだろうか。ひっきりなしに押し寄せる快感に何の抵抗もできないまま負けてしまい、篠森は声を震わせる。

「だ、けど……っ、そんな……に、動か、すなっ」

「どちらを、でしょう？」

篠森の悶絶《もんぜつ》ぶりを明らかに愉しんでいる口調だった。

両方と答えれば逆効果になる気がして、篠森は「下」と告げ、卑猥なオモチャを装着した指を押し出そうと力んだ。けれども、収縮した孔の中で、その狭まりをこじ開けるように指先をぐりぐりと力強く回されて、そこが発火したように熱くなる。

「——あぁっ」

「瑞紀様。生憎《あいにく》、こちらは出せません。きちんとほぐしておかないと、瑞紀様を傷つけてしまうかもしれませんから」

「……なら、う、上っ……、やめ、ろ……っ」

「駄目です」

甘い声音で即答した男の指が、痛いほどに充血して勃《た》ち上がっている乳頭をこりこりと転がし、もてあそぶ。

「はっ、ぁ……っ。どうして、だっ」

「私が触っていたいからです」

膨れて突き出た乳首を突起の先端で引っ掻かれ、眦のふちで涙が盛り上がる。

「——だ、ったら、何でっ、訊いたんだっ」

「お許しください。愛らしい者を自分の腕の中で啼《な》かせたくなるのは、男の性《さが》ですので」

「三十過ぎた男を捕まえて、愛らしいもクソもあるか、馬鹿っ」

「今の言葉遣いはよろしくありませんが、瑞紀様はとても愛らしくていらっしゃいますよ」

篠森の耳朶をついばみながら、百合永は言う。

「だから、こんなふうに瑞紀様に触れて、啼かせたいと欲望を抱き、困っておりました」

この男は、いつからそんな目で自分を見ていたのだろう、と篠森はぼんやりと思った。

けれども、それを言葉にはしなかった。百合永に脚を開くのは今日一度きりのことで、取引のためにそうするのだ。百合永の気持ちを知ったところで、意味はない。

篠森は目をきつく閉じて、早くこの時が過ぎてくれるのを祈った。だが、視界を閉ざしたことで却《かえ》って肌感覚が敏感になったのか、百合永の手の動きに快感が煽られた。

無数の突起物で乳首をつぶされ、窄まりの奥をぐいぐいとえぐられるつど、腰がはしたなく躍《おど》った。

「ふ……っ、くぅ……っ。あ、あ、あ……」

「瑞紀様。この音、聞こえますか?」

言いながら、百合永が後孔を突く。

「ひっ、ぁっ」

百合永の指の出入りに合わせて、ぐちゅん、ぐちゅんと鼓膜に粘りつくような濫《みだ》りがわしい水音が響く。

「ローションと瑞紀様の漏らされたものが混ざり合って、下着の中はぬるぬるですよ」

喜色を滴らせる声で告げ、百合永は指の動きを速くする。たっぷりとぬかるんだ媚肉《びにく》をずりずりと掻き回され、体内で渦巻く歓喜の波に思考を削《けず》り取られてゆく。

「あっ、あっ、あ……。はっ、ぁ……んっ」

頭の中で尖った快感がぐるぐると回る。なかば放心状態で仰のき、喘《あえ》いでいると、ふいに唇を塞《ふさ》がれた。

「――ふっ、ぅ……」

最初はただ息苦しくて、何をされているのかわからなかった。唇を甘嚙みされ、肉厚の舌を押しこめられ、尖らせた舌先で口蓋《こうがい》をくすぐられて、ようやくその行為の意味を理解した。

「瑞紀様……」

「んっ、ぅ……」

生まれて初めてのキスは、甘くて優しかった。甘美な快感に意識が蕩《とろ》かされる。本能が促すまま、篠森は夢中になって百合永と舌を絡め合った。

「んっ、ふ……、んっ、ん……っ」

まるで恋人同士のような口づけを交わしながら乳首と後孔を責め立てられ、篠森は口づけを振りほどいて極まった。

「――あぁぁっ」

下着の中でペニスがくねり躍り、大量に噴出した精液が布地の奥からにゅうと染み出てしまった。

「は……、あ、あ、ぁ……っ」

「素晴らしい極まりぶりでしたよ、瑞紀様」

美しく笑んだ百合永に、褒美《ほうび》のように首筋を撫でられる。そんな些細《ささい》な刺激ですら、極まったばかりで鋭敏になっている身体にはたまらないものだった。

「ん、ふっ」

わななないて口を再び開いた秘唇が細い残滓《ざんし》の糸を垂らしたのがわかり、腰が跳ねる。

「もしかして、男との経験はなくても、風俗で前立腺マッサージを受けたことはおありだったりしますか?」

やわらかい声で問いかけてきた男に、篠森は首を振る。

「な、い……。男とも、女とも……、ない」

他人の手によって与えられた初めての快楽はあまりに深すぎて、頭の中は渦巻《うずま》く歓喜に蝕《むしば》まれていた。だから、篠森は秘しておくつもりだったことを、うっかりこぼしてしまった。

その直後だった。

「それは、それは……」

腰に当たっていた百合永のペニスが膨張《ぼうちょう》するのを感じた。まるで、音でも聞こえそうな勢いでぐぐっと太ったそれに、背を押されるようだった。

あからさまな猛《たけ》り方に驚き、振り向こうとした身体をベッドの上に押し倒されたかと思うと、下着を剝ぎ取られた。

百合永の手の中の下着と自分のペニスが、空《くう》にたわんで垂れる白い粘液の細い糸で繫がっている。その光景が恥ずかしくてならず、肌が真っ赤に染まる。

「ならば、瑞紀様の初体験の相手を無機物にさせるわけにはいきませんね」

舌なめずりをする獣《けもの》のような目で篠森を見下ろした百合永は、持っていた下着を床に落とした。それから、篠森の脚のあいだで膝立ちになり、下着からほとんどの部分がはみ出してしまっているものを、すべて解放した。

押し下げられた布地の下から現れたのは、肉の凶器だった。

きつく反り返った陰茎の巨大さと長さ。その赤黒い表面にくっきりと何本も浮かび上がっている血管の太さ。そして、どっしりと張り出した傘《かさ》の、冗談のような分厚さ。

巨《おお》きいのはわかっていたものの、想像を遥かに超える形状に言葉もなく啞然とした篠森の腰を、百合永が引き寄せる。

「いきますよ、瑞紀様」

百合永は自身の根元を握って下げた切っ先を、篠森のやわらかい窪地《くぼち》に押し当てた。

重い圧力が掛かり、すでにほぐされ、濡れていた襞がにゅるりとめくれ上がる。

「ひっ」

深部の細胞すらも焦がすかのような熱で粘膜を直《じか》に灼《や》かれ、篠森は咄嗟に息を詰めた。

その拍子に窄まった肉環を、丸々として硬い熱塊《ねっかい》が貫く。

「——あああぁ！」

目が眩《くら》む圧迫感に浮いた腰を押さえつけられ、挿入《そうにゅう》された。

肉環に自身の形を馴染ませるように浅い部分で小刻みな抽挿《ちゅうそう》を数度繰り返したあと、百合永は繋がりをゆっくりと深くしていった。

「あっ、あっ……」

粘膜の収縮を撥ね返し、百合永が篠森の中へ入ってくる。

十分にぬかるんでいたためか、痛みはなかった。だが、熱くて、苦しかった。

そして、認めがたかったけれど、気持ちがよかった。——自分の中を逞しい雄《おす》にずぶずぶと押し開かれてゆくのが、たまらない。

「あっ、は……。あ、あ、あ……っ」

痙攣《けいれん》する粘膜を、亀頭《きとう》のふちで力強くごりごりごりっとえぐりつぶされて生じる摩擦熱《まさつねつ》が歓喜の大波を引き起こし、篠森はシーツに爪を立てて上半身をくねらせた。

「ひ、ぁ、ぁ……っ」

じゅぷっ、じゅぷっと肉がひしゃげる卑猥な水音が耳に届く。じわじわと雄を呑みこまされ、体内を百合永の形に変えられる感覚に、腰が勝手にはしたなく揺れてしまう。

「……っ、瑞紀、様……っ」

上擦る声で篠森を呼んだ百合永が、猛々しく腰を突き出す。

「あぁ！」

まだ半分以上残っていた太い幹が、粘膜をごりりりっと荒々しく押しつぶしながら、一気に根元まで埋まった。

最奥《さいおう》の粘膜をずんっと重く掘りこまれた衝撃で、一瞬、眼前が白く霞《かす》んだ。

「は……、ぁ……」

下肢を麻痺《まひ》させるような強烈な快感に、篠森は足先をきつく丸めて息を震わせた。

「瑞紀様。わかりますか？　私のものが全部、瑞紀様の中に入っていますよ」

結合部を押し撫でられ、そのことを知らしめられる。ぐにりとめくられた襞の内側を指サックのこりこりした突起物でこすられて、耳を塞《ふさ》ぎたくなる甘ったるい声が喉から迸《ほとばし》る。

「あっ、は……あ、ぁ……んっ」

たまらず、撥ね上げて揺らした腰の中で、百合永のペニスがさらに膨張する。

「ああっ」

他人の勃起したペニスが自分の体内でその形状を変化させ、纏わりつく粘膜を押しやってみちみちと猛ってゆく生々しい感触に、背が粟立《あわだ》つ。

「──やっ。ば、馬鹿っ。そん、な……、でかく、するな……っ」

「そう仰られても、私をぎゅうぎゅう締めつけて、こうしているのは瑞紀様ですよ？」

獰猛《どうもう》に笑んでそう告げた百合永が、激しい抽挿を始める。

「ああ！」

隘路を強引に割って引き返して行った長い幹が、肉環をずるぅっと抜けてゆく。そして、太々した雁首《かりくび》がそこに引っかかった瞬間、再び媚肉《びにく》を押しつぶしながら中へ戻ってくる。

そうして突きこまれるつど、ずんっ、ずんっと尖った振動が腰骨に響き、篠森のペニスは右へ左へとぶるぶると躍り上がった。

乱暴ではないけれど躊躇《ちゅうちょ》のない、そんな抜き挿しを繰り返されて、神経が灼き切れてしまいそうになる。

「あっ、あっ！　くっ、ふ……ぅっ」

揺れ回る腰の中央で、いつしかまた硬度を取り戻していたペニスが空に突き出て、淫液をぴゅんぴゅん撒《ま》き散らしていた。

その卑猥な光景に目眩《めまい》を覚えた瞬間、凄《すさ》まじい絶頂感がせり上がってきて、篠森は射精した。

「──ああっ！」

精液を細く飛ばしながら粘膜をきつく収縮させた篠森の中を、百合永はぬっぽぬっぽと出入りして容赦《ようしゃ》なく掻き回し、突きえぐった。

「ひぅうっ！　とま、れ……っ、とまって、くれっ」

空を蹴って懇願《こんがん》した篠森の中で、百合永がその律動を大きく、荒々しいものにする。

「あぁっ」

「申し訳、ありません、瑞紀様……。あと少し、ご辛抱《しんぼう》ください。私も……、もう余裕が、ありません」

双眸を細めて告げた百合永の腰の動きが、どんどんと速くなってゆく。ぬかるみを穿《うが》つペニスはますます硬くなり、その切っ先を奥へ奥へと伸ばしてくる。

「あ……っ。う、嘘……っ。ふか、い……っ」

百合永は自分の中で射精しようとしている。そのことに狼狽《うろた》え、篠森は百合永を見上げた。百合永も篠森を見下ろす。

視線が絡まり合ったとき、肉筒の中で反りをぐぐっときつくして、信じられないほど奥深い場所へもぐりこんできた怒張が弾けた。

どっと噴き出した夥《おびただ》しい量の粘液がとろけきった粘膜を叩いて逆巻《さかま》く。今まで経験したことのない、自分の身体を雄に侵される感覚に、目が眩《くら》んだ。

こんなにも苛烈で、官能的な快感を、どうやって受けとめればいいのかわからず、篠森は爪先を引き攣らせてただ悶えた。

「あ、あ、あ……」

「瑞紀様……」

征服の証を篠森の粘膜に、さらには細胞にまで浸潤《しんじゅん》させるかのようにねっとりと腰を動かしながら、百合永が上半身を落としてくる。

「ゆり、なが……、さ……」

美しい男の顔が眼前に近づいてきて、唇が重ねられた。

「ふ、ぅ……」

甘くて優しい、それでいて情熱的な口づけに目眩が深くなる。

篠森は恍惚《こうこつ》として、百合永の背に腕を絡みつかせる。そうしてしっかり掴まっていないと、身体が溶け崩れそうだった。

「んっ、ん……っ、んぅ……」

恋人などではないはずの男に縋りつき、穿たれながら口づけを交わしていると、百合永が再び猛った。ぐっしょりとぬかるんだ隘路が、内側からみっちりと圧せられる。

「——ん、ぁっ」

篠森は驚いて、口づけをほどく。

咄嗟に腰を振りよじった。その拍子に、蕩けて纏わりついていた媚肉を吊り上げるようにして、百合永のペニスが篠森の中からぬぽっと淫靡な水音を響かせて抜け出た。

「ふっ、う……ぅ」

ほころんだままの肉の洞が、襞のふちをひくつかせて白濁《はくだく》をとろとろ垂れこぼす。あらぬ場所から百合永の精液が糸を引いて重く漏れる、脳髄《のうずい》を痺れさせる感触に喉を仰け反らせた直後、白い粘液に塗《まみ》れた肉環を太い亀頭で突き刺された。

「あぁぁっ」

突然の挿入に思わず逃げを打った腰を押さえつけ、百合永が篠森の隘路をずぶぅっと一気に深くまで掘った。

「あっ、くぅ……っ。こ、こんな……っ、で……っ、どこが、枯れて、るんだっ」

「瑞紀様とは、よほど身体の相性がいいようでございます」

百合永は笑って、荒々しい抽挿を開始する。

速くて深い抜き挿しが、視界をたわませる歓喜の波をもたらす。

「ひうぅっ」

篠森は嬌声《きょうせい》を散らし、百合永の背に爪を立てた。硬い筋肉が逞しく躍動している。百合永が自分を求め、雄の本性を剝き出しにしていることに、官能を突き刺された。

初めてのセックスへの戸惑いは、もう跡形もなく消えていた。百合永に突かれ、追い立てられることをただ気持ちがいいと思いながら、篠森は高く喘いだ。

重い瞼を押し上げると、隣に百合永の姿はなかった。

篠森はのろのろと起き上がる。窓の外が薄暗い。雄の精を溺《おぼ》れるほど注ぎこまれた痕跡はきれいに拭われていて、篠森のスーツが壁のハンガーに掛けられていた。

百合永を捜して漂わせた視線が、アナルパールを捉えてとまる。休みなく三度も続いた激しい行為のあいだ、結局使われなかったそれらは、サイドテーブルの上で整然と並んでいた。

「瑞紀様」

バスローブを纏った百合永が、部屋の中に入ってくる。手に持っていたグラスを「どうぞ」と差し出される。

「……どうも」

こぼした声はひどく掠《かす》れていた。

どれだけ喘いだか自分でも覚えていない喉に、篠森は冷たい水を流しこんだ。

「……尻尾のオモチャ、挿《い》れてない……」

百合永はこれからアナルパールを使うつもりなのだろうか。そうなら受け入れるしかないし、元々何時に帰宅できるかわからなかったので、玲於奈のことは白石夫妻に頼んできた。

だけど、それでも帰りたい気持ちが抑えきれずに溢れてくる。同年代より体力はあるつもりだが、未知の経験の連続で、さすがに疲れてしまったのだ。

早く帰って、玲於奈を抱きしめ、そして朝まで眠りたい。

「初体験には少々ハードでしょうし、乳首によし、アナルによし、な大人の指サックで今日のところは十分愉《たの》しめましたので」

「……それ、尻尾のオモチャで遊ぶのは今度ってことか？」

この取引関係は今日限りの一度きりのつもりだったが、アナルパールも含めての一度なのだろうか。それとも、そう言えば、百合永は回数の指定はしなかったので、今後もこの関係を続けるつもりなのだろうか。

首を傾げた篠森に、百合永が淡く苦笑する。

「と言うより、少し考えが変わりました」

「変わった……て、どう？」

問いを重ねた篠森の隣に、百合永が腰を下ろす。

「私は、海老塚氏のことを瑞紀様がお知りになる必要はないと思います。海老塚氏の件は間違いなく、自身に原因のある事故死だと、天地神明に誓《ちか》って断言いたします。ですので、それで納得していただければ、この取引はなかったことにいたしましょう」

身体を繋げると、心まで繋がってしまうのだろうか。その提案が決して悪意からではなく、自分を思いやってのものだと、なぜか直感的に理解できた。

だから、篠森は戸惑いながらまたたいた。

「……それじゃ、俺は、脚の開き損だ」

「まあ、そこは、あの巨大うさぎの粗相の慰謝料ということで」

駄目だ、と篠森は強く首を振る。

「俺は、知りたいんだ、百合永さん。俺を警察官にしてくれた先生が、どうして死んだのか……。頼む、教えてくれ」

一瞬の間を置いて、百合永が小さく息をつく。

「わかりました。では、お教えいたします。海老塚氏は本当にご自分で歩道橋から足を踏み外して転落されましたが、そうなった原因は酒ではなく、ヘロインの過剰摂取《かじょうせっしゅ》です」

――海老塚と麻薬。

自分の頭の中ではまったく結びつかないものを一緒に提示され、篠森は言葉もなく驚いた。

「海老塚氏は、職場で孤立しているストレスから薬物に手を出してしまったようです」

「……そんな、はずは……。俺は、先生のマンションを調べた、んだ。そんな形跡は……」

「海老塚氏は死亡時、吸引具を所持し、遺体から薬物反応も出たそうです。亡くなったのは日曜の夜でしたから、売人からヘロインを購入後、月曜日が近づいていることへの気鬱から逃げようとして、発作的に近くの公衆トイレかどこかで摂取したと思われます」

海老塚の死に薬物が絡んでいることを、池袋中央署は早い段階から把握《はあく》していたようだ。しかし、それがどこからか室星学園の理事長に漏れ伝わった結果、海老塚の死は事故として処理された。学園の不祥事を怖れた理事長が、卒業生である政治家を通して圧力を掛けたらしい。

「私はこの話を、旦那様のお部屋で座り聞きというかたちで耳にしました」

数日前、室星学園の極秘の理事会で海老塚の死を「酒による事故死」とすると告げられた千郷は「教師の薬物使用を隠蔽《いんぺい》するとは何事か！」と激高し、父親に毎年おこなっている室星学園への寄付を今後は取りやめるように進言したらしい。

そして、その場には、所用で父親に呼ばれていた百合永も居合わせたそうだ。

「千郷様は、警察に圧力を掛けた政治家が誰なのかまではご存じないようでした。ですので、私が今、知っていることも、そこまでです。その先は調べなければわかりませんので、少しお時間をいただけますか?」

「……調べなくて、いい」

篠森が知りたかったのは、海老塚が命を失った本当の理由だ。それを知った今、ただ後悔しか感じず、篠森は力なく首を振った。

九月八日の金曜に掛かってきたあの電話――。突然来た連絡の理由を、どうしてもっと真剣に考えなかったのだろうか。きっと、あの電話は麻薬をやめたいという助けを求めるものだったはずなのに。

今、思い返せば、自分に電話を掛けてきたとき、海老塚はまだ四十そこそこなのにまるで死期が近い老人のようなことを口にしていて、少しおかしかった。自分は刑事なのに、どうしてそのことに気づけなかったのだろうか。

どうして、どうして、と胸の中で繰り返していると、たまらなく息苦しくなった。

「俺の……、せい、だ……。俺が、すぐに……先生の話を、聞いて、いれば……」

「違います。瑞紀様のせいではありません」

喉を引き絞って漏らした後悔を、百合永が強く響く声で否定する。

「海老塚氏は四十を過ぎたいい大人でした。十代の子供ではないのですから、麻薬に逃げる前に別の方法を考えるべきだったんです。なのに、海老塚氏はそうしませんでした。痛ましい事故にはちがいありませんが、その結果を招いたのは、ほかならぬ海老塚氏自身です」

「だけど……」

海老塚は自分に生きる意味を与えてくれた、かけがえのない恩師だった。それなのに、忙しさにかまけて疎遠になってしまい、肝心なときに何の役にも立てなかった。

そう言い募《つの》ろうとした唇を、ふいに塞《ふさ》がれた。

「ふ……っ、ぅ……」

甘く搦《から》め捕られた舌を吸われ、背を力強く抱きしめられ、息苦しさがべつの種類のものへと変わる。

「どうか、ご自分を責めたりなさらないでください。海老塚氏に教師としての理性がわずかでも残っていたら、私と同じことを言ったはずです」

あなたのせいじゃありません、と繰り返しながら背を撫でる手がとても心地よくて、篠森は逞しい胸の中に身を預けた。

玲於奈と出会ってから、辛いときはいつも、あのやわらかい温もりに癒されてきた。だから、今もすぐに帰って、玲於奈を抱きしめたいと思っている。けれども、百合永の硬い身体に包まれても、胸のざわめきは不思議なことに段々と凪《な》いでいった。

百合永は、甥っ子たちや、川に落ちた猫に優しかった。そして、自分にも。いつも音もなく背後から忍び寄ってこられるのは不気味だったけれど、百合永はずっと優しかった。

尻尾の生えた男を愛する変態でも、百合永はいい男なのだろう。以前、似たようなことを感じて、気のせいだったと後悔したけれど、今度は違う。強くそう思うのだ。

ぼんやりとそんなことを考えながら、篠森は重くなってきた瞼を落とした。


迷いに決断を下す時間が近づいているせいか、タイピングミスが続く。

昼に臨場した傷害事件の報告書を作成していた画面をぼんやり見やり、篠森は椅子の背にもたれた。額に落ちかかる伸びた前髪を掻き上げ、小さく息をついて頭の中で悩みを転がす。

――海老塚の死の真相を、藤野に話すべきか否《いな》か、と。

昨日、篠森は海老塚の死に隠された秘密を知った。そのショックが少し鎮《しず》まってからはずっと、藤野にどう報告すべきかを悩んでいる。

海老塚の元妻。子供はおらず、海老塚の親族と親しくはない。そんな関係性を考えれば、

「あなたの元ご主人は仕事のストレスから麻薬に手を出し、過剰摂取でなくなりました」と、知ったところで負の感情しか起こらない事実をわざわざ暴露《ばくろ》する必要性を感じない。

隠されていたのが、殺人事件や、あるいは何か卑劣《ひれつ》な陰謀《いんぼう》だったのならともかく、暴く意味が見いだせない悲しい真実だ。心の半分以上は、海老塚の件を担当した池袋中央署の担当者と同様、「やはり、酒に酔っての転落死でした」と告げることに傾いている。

だが、一方で、警察官として、真実を隠蔽することに戸惑いを覚え、悩みの振り子が元へ戻ってしまうのだ。

結局、迷ったままタイムオーバーになった。四人の部下たちは皆出払っていて、まだ戻ってきていないが、今日は定時に上がると伝えてある。のろのろと帰り支度をして椅子から立ち上がった瞬間、腰に鈍い疼《うず》きが走った。

歩くのに不都合なほどひどいものではない。けれど、どう逃していいのかわからない熱をはらんだ疼きに、篠森は息を詰めて腰をさすった。

「篠森。お前、朝からずっと腰を押さえてるが、どうかしたのか?」

課長の松中に問われ、篠森は反射的に手を離す。意識はしていなかったが、そう指摘される

ということは、無自覚のまま頻繁《ひんぱん》に触れていたのだろう。

「――寝ぼけて、ベッドから落ちたもので」

まさか、「昨日、男に抱かれたので、ちょっと調子が……」などと馬鹿正直に本当のことを言えるはずもない。澄ました顔で虚偽報告をした篠森は、松中やほかの課員たちに「お先です」と挨拶《あいさつ》して、足早に刑事課のフロアをあとにした。

昨夜、藤野とは何度かメールをやりとりした。海老塚に線香を上げてからのこの一週間ほどのあいだに、藤野は遺品整理を終えたそうだ。海老塚のマンションはもう解約したとのことなので、恵比寿《えびす》にある藤野の自宅近くの喫茶店で十八時半に会う約束をしている。

まだ時間には余裕がある。電車で向かうかタクシーを拾うかを検討しつつ階段を数段、足早に駈け下りて、篠森は眉を寄せた。

階段を下りる振動が、腰に大きく響く。咄嗟《とっさ》に手すりを摑み、浅く息を吸った篠森の横を、ちょうど下から階段を上がってきた交通課の若い女子職員が会釈《えしゃく》をして通り過ぎていった。

視界の端に、彼女のスカートに包まれた臀部《でんぶ》が映り、ふと思った。

女性も、初体験をした翌日はこんなふうに腰の具合がおかしくなるのだろうか。それとも、一日経《た》っても尾を引くこの疼きは、百合永のペニスが馬並《なみ》だったせいだろうか。

そんなことをつい真面目に考えてしまい、けれどもすぐに馬鹿らしくなって、やめた。

篠森は階段をゆっくりと下り、藤野との待ち合わせ場所にはタクシーで行こうと決める。

署を出ると、しつこく居残る夏の名残《なごり》の蒸し暑さに全身を包まれた。ネクタイを締めた首元を手で扇《あお》ぐ。それから、タクシーを拾うために歩道の端に立ったのとほぼ同時に、見覚えのある黒塗りの高級国産車が篠森の前でとまった。

後部座席の窓が下がる。その向こうには、予想した通り、濃紺のスリーピースに身を包んだ百合永がいた。

「瑞紀様」

理知と優美が見事なバランスで融合した端整な顔が、篠森を見つめて微笑む。

「……百合永さん。あんた、俺の持ち物にGPSでも仕込んだのかよ？」

「まさか。今日、海老塚氏の元奥様にお会いになって事件の報告をされる、と昨日の帰り際、瑞紀様がご自分で仰《おつしや》っていたじゃありませんか」

「だからって、何で、俺の退庁時間までわかるんだ」

眉《まゆ》をひそめてから、篠森はふと不思議に思った。

尊敬していた恩師のヘロイン使用を知り、生まれて初めてのセックスを経験した昨日は、自覚していた以上に心も体も混乱していたようで、百合永に子供のようにあやされたまま眠ってしまった。目覚めたのは夜で、マンションまで送ってもらったが、何だか意識がぼんやりしたまま別れたので、今後のことをちゃんと決めるためにも早いうちに会わないとならないと思っていた。だからなのか、ストーカーをされても腹は立っていない。

「わかったわけではございません。単なる簡単な推測と運です。空《あ》き時間の片手間にするような話ではありませんしね。会うとしたら仕事終わりのはずですから、終業時刻後にお待ちしようと思っておりました」

「俺が出てくるまでずっと待ってるつもりだったのか？」

「ええ」

そこの駐車場で、と百合永は署のはす向かいにあるコインパーキングを指さす。

「しばらくお待ちして、出てこられなければ、署に電話をして所在確認をしようかと」

「そんな七面倒な待ち伏せをするくらいなら、最初から俺に電話をしてくればいいだろう」

「すれば、来るな、と言われてしまうので」

「言ったって来るくせに」

「瑞紀様のお身体のアフターサービスは、私の務めですから」

甘やかな笑みを向けられ、目もとが一気に赤らむ。

署内ではどうにか平静を保てていたけれど、百合永の――自分の身体をおかしくした張本人の前では、細胞が沸騰《ふっとう》したようにざわめくのを抑えられなかった。

「――なっ。ば……っ」

場所を考えろ、と声を上げかけ、はっとして左右を見回す。

署の敷地を出てほんの二メートルほど。幸いにも、周囲に見知った顔はなかった。安堵して胸を撫で下ろしたとき、後部座席のドアが開いた。

「こんなところで立ち話は目立ちます。お送りしますので、どうぞ」

昨夜、送ってもらったこの車の中で何を話したのかは、あまり覚えていない。それでも、乗り心地がよかったことは、はっきりと記憶している。

嫌だと拒む理由は特にないので、篠森は車に乗りこんだ。座席を移動した百合永の隣に座り、シートベルトを締める。

「どちらまで参りましょう?」

尋ねてきた運転手は昨日と同じ四十絡みの男だ。名前は春日井《かすがい》。

篠森の父親は、百合永の者たちを二宮家の生きた守り刀として、とても大切にしている。だからだろう。昨日、聞いて驚いたが、執事とその三人の息子たちにはそれぞれ運転手つきの専用車が与えられているという。

先日、ゲリラ豪雨に見舞われてびしょ濡れになり、篠森のマンションで全裸になって雨宿りをしていた百合永に着替えを持って迎えに来たのも、春日井だったようだ。

「恵比寿までお願いします」

「かしこまりました」

春日井の恭しい返事のあと、車は音もなく発進した。

「百合永さん、自分の仕事は? この時間にここにいるってことは、わざわざ早退して、俺のストーキングに来たのか?」

警察庁のある霞《かすみ》が関《せき》から新宿北署までは、車で約二十分。そして、現在の時刻は十七時二十五分。国家公務員の勤務時間には詳しくないが、おそらく百合永は定時前に警察庁を退庁しているはずだ。

そう思った篠森に、百合永は「いいえ」と笑った。

「部署が部署だけに、決められた部屋のデスクに毎日同じ時間座ってするような仕事ではありませんので」

「そういや、公安総本山の課長補佐って、どんな仕事をしてるんだ?」

「課長の補佐をしております」

警察組織は、刑事警察と公安警察に大別される。起こった事件を捜査する刑事警察に対し、反政府組織やテロリストなどを取り締まる公安警察は事件が起こることを未然に防ぐために活動しており、両者は指揮系統も捜査手法もまったく異なっている。

何かにつけて秘密主義で、事あるごとに「国家の安全」「公共の秩序」を水戸黄門《みとこうもん》の印籠《いんろう》のように振りかざして横暴を尽くす公安は、警察内部では、警察の警察である監察と同等か、それ以上に嫌われている。

たとえば、篠森の身近では、梅本が公安を蛇蝎のごとく嫌っている。梅本は捜査一課時代、堪能な中国語を生かして中国人が関わる凶悪事件を数多く手がけたが、公安の横槍で捜査を潰されたことが何度もあるらしい。篠森も公安に対してはあまりいい印象は持っていないけれど、幸いにも直接的な被害を被《こうむ》ったことはないので、嫌悪よりも興味のほうが強い。

答えらしい答えが返ってくるはずもないことは百も承知だったが、自分たちには一種特殊な繋《つな》がりがあるので、何か映画のような話の触りくらいは聞けるかもしれないと思っていた。だから、あまりに雑なごまかし方をされて、つい鼻筋に皺《しわ》が寄った。

「……あそ」

「私のことより、瑞紀様はお決めになったのですか？」

「何を？」

「海老塚氏の死の真相をお話しになるかどうか、についてです。昨日、随分《ずいぶん》、迷っておいでだったでしょう？」

「……まだ迷ってる」

車窓の向こうを流れる景色をぼんやり見やりながらこぼした声は、自分でも驚くほど頼りなく掠《かす》れていた。

「もし、よろしければ、同席しましょうか？」

やわらかい声の問いが、鼓膜《こまく》にすっと沁《し》みこんでくる。

「……必要ない。俺が何年刑事をやってると思ってるんだ」

眉をひそめてはみたものの、決して腹が立っているわけではなかった。

昨日まで、篠森は百合永が嫌いだった。数えるほどしか会ったことがないので、その為人《ひととなり》がどうこうと言うよりも、憎んでいる父親への忠誠ぶりが疎《うと》ましかった。そして、何の前触れもなく、ボウフラのように現れ出ることが、どうにも不気味だった。

けれど、今日はそうした感情が湧いてこない。むしろ、百合永の顔を見た瞬間、安堵《あんど》めいたものを感じてしまっていた。

百合永が、自分が今、抱《かか》えている悩みの種である秘密の共有者だからだろうか。それとも、昨日交わした情のせいなのか――。百合永への感情の変化の理由がわからなくて落ち着かず、篠森は眉間《みけん》の皺をわざと深くして、シートにもたれた。

「それに、キャリアのあんたの前で言うのも何だが、俺はこれでもそこそこできる警察官のつもりだからな」

「そこそこ、はご謙遜《けんそん》でしょう」

絵になる仕種で、百合永が人差し指を立てる。

「警察学校を主席で卒業され、卒配された丸《まる》の内署《うちしょ》で目覚ましい実績を重ねられて二十六歳で警視庁捜査一課へ配属。一課の激務をこなしながら、警部補昇任試験に合格され、わずか三十歳で新宿北署という国内最大規模の警察署で係長を拝命されたのですから、瑞紀様は極めて優秀な警察官でいらっしゃいます」

「……俺の経歴に不正アクセスしたのか？」

「しておりません」

「じゃあ、何でそんなに詳しいんだ?」

「先日、署にお邪魔したときに、署長と副署長が教えてくださいましたので」

肩をすくめて、百合永は言った。

「瑞紀様の優秀さは疑うべくもありませんが、海老塚氏の元奥様とは刑事としてではなく、一個人としてお会いになるのでしょう?　おひとりでお話しになるのが辛《つら》ければ、私もご一緒いたしますよ」

甘い優しさにほだされそうになりながら、篠森は「必要ない」と繰り返す。

「大体、百合永さんのこと、何て説明すればいいいんだよ?　ストーカーがついてきました、とでも言えばいいのか?」

「ご冗談を、瑞紀様。私はストーカーではございませんよ」

百合永は軽やかに笑う。

「じゃあ、何だよ?」

——瑞紀様は大変、私の好みですので。

昨日、百合永にそう告げられて、抱かれた。今、篠森の胸の中にも、百合永への嫌悪感はない。けれども、かと言って、自分たちは恋人ではない。

再会の仕方が悪かったせいと立場が違い過ぎるせいで、同じ警察官としての百合永は、とても遠い存在に思える。跡取りが無事に決まったのなら、生家の二宮家とは今後はもう関わることもないだろうから、主《あるじ》と使用人の息子同士という関係も当てはまらない。

一体、自分にとって百合永とは何なのだろう、と今さらながらに不思議になり、篠森は真顔で訊《き》いた。すると、艶然《えんぜん》とした笑みが返ってきた。

「瑞紀様の美しさの虜《とりこ》にされた下僕でございます」

「ますます却下だ」

しかつめらしい顔を作って、篠森は首を振る。

「そんなものを連れて歩いていると思われたら、俺の品格が疑われる。変態はあんたなのに、俺がそうだと誤解されるだろう」

「お言葉ですが、誤解にはならないかと存じます。瑞紀様には素質がおありですので」

やけにはっきりと断言され、篠森は眉根を寄せる。

「何を根拠に、人を変態呼ばわりしてんだよ?」

反射的に尋ね、その直後に、はっと後悔する。

「もちろん、決まっております。昨日の瑞紀様の、」

「――やめろ、馬鹿っ」

篠森は声を高くして、百合永の言葉をかき消した。

「まったく……。人前で平然とこういう話ができるその無神経っぷり、いっそ尊敬するよ、百合永さん」

額に落ち掛かる前髪を掻き上げて言うと、百合永が「人前?」と小首を傾《かし》げた。

「ああ、春日井のことですか」

百合永の目が、運転席へ向く。

「春日井なら、お気になさる必要はありませんと申し上げたでしょう?」

篠森の父親が百合永の者たちに与えた運転手らは、それぞれがハンドルを握る車の中で見聞きしたことを決して他言しないという。刑事という職業柄、絶対に口を開かない種類の人間は見ればわかるので、この車中では密談をするにはもってこいなのだろうけれど——。

「普通の神経をしてる人間は、そう言われても、はいそうですか、とはならないものなんだよ、百合永さん」

篠森は細く息をつく。

「あんた、俺よりよっぽどおセレブ様だよな。もしかして、毎日、パーティー三昧《ざんまい》か?」

「さすがに、毎日ということはございません」

ちょっとした皮肉のつもりだったのに通じていないのか、あるいはわざとなのか、百合永はにこやかに笑む。

「それでも、公私共に出席を強《し》いられる集まりはそれなりに多いですが……。特に来月は、大きなパーティーがいくつか重なっております」

「たとえば？」

「千郷様のお披露目会を兼ねた楓葉会が。あとは、大使館関係のパーティーがいくつか」

「大使館？　公安のくせに、そんなところへ堂々と出入りして大丈夫なのか？」

「ええ。私は現場の実働部隊ではありませんので。ですが、ご心配いただき、ありがとうございます」

「……べつに、百合永さんの心配をしたわけじゃないけどな」

呟いて、篠森はシートに沈んだ。


かなり余裕があるつもりだったけれど、ちょっとした交通渋滞に引っかかり、待ち合わせ場所の喫茶店前に着いたのは約束の十五分前だった。

「本当におひとりで大丈夫ですか？」

春日井に礼を言って車から降りる際、近くの駐車場で待っているという百合永にまたそんなことを問われた。

「くどい。俺は子供じゃないんだぞ。刑事だ」

「刑事にしては、ずいぶん麗《うるわ》しくていらっしゃいますが」

揶揄《やゆ》するように眉を上げたあと、百合永は小さく吹き出した。

「……何だよ？」

「いえ。少し前に、テレビで見た『ビューティ・ポリス』という映画が脳裏を過ぎったのですが、瑞紀様にぴったりの表現だと思いまして」

十年ほど前のそのハリウッド映画は、ロサンゼルスかどこかの街の金髪と巨乳がコンプレックスの美人刑事が、相棒を殺した麻薬組織を壊滅させるためにスパイ顔負けの八面六臂《はちめんろっぴ》な活躍をするという、いかにもアメリカ的でわかりやすい勧善懲悪《かんぜんちょうあく》の話だ。

篠森も独身寮に住んでいた頃、娯楽室で見たことがある。酒を飲みながら一緒に見ていた酔っ払いの誰かが「あんな美人の金髪おっぱいが警官になるなんて、アメリカはなんて羨《うらや》ましい国だ」とさめざめと泣き出し、なぜかその涙が娯楽室にいた者たちに次々と伝染していき、自分も皆と一緒に泣かないといけないのだろうかと困ったことを覚えている。

「どこがだよ。俺は金髪でも巨乳でもないぞ」

「髪の色と胸のサイズは違えど、美人で美乳なのは同じですので、瑞紀様はビューティ・ポリスです」

「……あんたが日中、どんな顔してキャリアの公安やってるのか、俺は本気で不思議だよ、百合永さん」

ため息交じりに返し、車のドアを閉める。

褒《ほ》め言葉にしても、嬉しくも何ともない。けれど、心底脱力したことで、少し楽になった気分で篠森は喫茶店に入った。店内に藤野の姿はまだなかった。奥まった窓際の席に座り、コーヒーを注文していると藤野が現れた。

「篠森さん、お待たせしてすみません」

「いえ。俺もたった今、来たばかりですから」

小さく笑んだ藤野も、コーヒーを注文した。もうすぐ十月なのに、いつまでも暑いですね、などと天候の話をしていると、ふたりぶんのコーヒーが一緒に運ばれてきた。

そのコーヒーを飲みながら、篠森が告げることを選んだのは「嘘」だった。悩みつつも、それが最善のことだと思ったのだ。

「本当に、ただのお酒の事故でしたか……」

細く声を落とした藤野に、篠森は努めて冷静に「はい」と応じ、預かっていたノートパソコンとタブレットを返した。

「私が調べた範囲では、池袋中央署が下したその判断を覆《くつが》すような新たな証拠は、見つかりませんでした」

「そうですか」

篠森の言葉に、藤野はゆっくり頷く。

「もう籍を抜いた元妻でも、離婚してまだ一年で……、多分、一番泣いて悲しんだのは私だと思うんですけど、これでやっと、一区切りつけられます」

「先生も、そう望まれていると思います」

そうね、と藤野は小さく笑った。

「私ね、篠森さん。ほっとしました」

「え？」

「普段お酒を飲まない人が泥酔《でいすい》して歩道橋から落ちたなんて――それも、何かあったら遺品整理を頼むって電話の直後だなんて絶対に変だって、私がいくら訴《うった》えても、池袋の警察は全然相手にしてくれませんでしたから、すごく腹が立ったんです。それで、もし何かが隠蔽されてるんなら、絶対に暴いてやるつもりでした」

ほとんど、なかば自棄《やけ》で、と藤野は苦笑した。

「でも、日が経って、段々気持ちも落ち着いてくると、怖くなってしまったんです。海老塚の死が本当に何かの隠蔽工作だったら、そんなことができるような力を持ってる誰かと、単なる一市民の私がどうやって闘《たたか》えばいいんだろうって。闘うにしたって、私は離婚後も海老塚に対して悪感情は何ひとつ持っていませんけど、まだ夫婦で子供でもいたならともかく、そうじゃない立場で何ができるんだろう、隠蔽を暴いてやろうっていうこの気持ちだっていつまで持つんだろうって……。だから……、騒ぐだけ騒いでおいて、こんなことを言うのは顰蹙《ひんしゅく》ものですけど、事故でほっとしました」

「それでいいと思います」

どこか恥じらうふうな表情を浮かべる藤野に、篠森は言った。

「藤野さんは、すべきことをすべて——むしろ、必要以上のことをされたのですから、もうこれでほっとされていいと私は思います」

篠森は強い口調を響かせた。嘘をついた罪悪感と、海老塚ならきっとこう言うだろうという気持ちを半分ずつ抱えて。

「刑事さんからそんな太鼓判《たいこばん》をもらうと、心が楽になります」

藤野は淡く笑ってから「でも……」と首を傾げた。

「じゃあ、あれも、私の考えすぎだったのかしら」

「あれ、と言いますと？」

「遺品を整理していて、妙なものを見つけたんです」

藤野は、バッグから取り出した一枚の名刺をテーブルの上に置いた。

カラフルを通り越したサイケデリックな色使いの背景に、上半身は裸でホットパンツに帽子のみという格好をした人形めいた美青年の写真と「マハラジャ・ナイト　RYO　自慢の美尻で、貴方に夢の一夜を」の文字。そして、上野《うえの》の住所。

「『RYO』って男女どちらの名前でもおかしくありませんけど、女性相手のホストなら、『あなた』の漢字は『方』じゃなく『女』を使うでしょう？」それに、『腰』じゃなくて『美尻』をアピールしてますから、これってどう見てもゲイの風俗嬢——あ、男の人だから『嬢』は変ですね。何て言えばいいのかしら……。とにかく、ゲイの風俗の人の名刺ですよね?」

「ええ。そのようですね」

上野は管轄外なので詳しくないが、新宿二丁目に次ぐゲイタウンだということくらいは知っている。「マハラジャ・ナイト」はゲイの風俗店と見て間違いないだろう。

「この名刺、クローゼットの中にしまわれていたスーツのポケットに入ってたんですが、どうしてこんなものを持っていたのか、不思議で」

名刺を見やり、藤野は化粧気のない目を細める。

「あの人、普通のお酒の席にも滅多《めった》に顔を出さなかったので、二次会や何かの流れに乗って、こういうお店へつき合いで行くなんてことは考えられませんし、元妻として断言できますが、海老塚には同性愛の指向はありませんでしたから。それで、もしかしたら、今回のことに何か関係があるんじゃないかと気になって、一応、持ってきたんですけど……」

無駄だったかしら、と藤野は苦笑した。

「……あの。ここには、連絡をされましたか?」

「いえ。しようかとは思いました。でも、何をどう訊けばいいのか、わからなくて……」

「よろしければ、この名刺、預からせていただいてもかまいませんか? 念のため、もう少し調べてみますので」

妻子がいても実はゲイだという例はあるだろうが、遺品整理を頼めるたったひとりの相手だった藤野に海老塚が自身のアイデンティティーに関わる隠し事をしていたとは思えない。

だとすれば、海老塚と「マハラジャ・ナイト」は同性愛とは関係のないことで繋がっていた可能性がある。

——たとえば、麻薬で。

しかし、店の場所は上野で、海老塚の遺体が発見されたのは池袋。電車で十数分の距離だが、ヘロインの過剰摂取で——急性薬物中毒が死因であることを考えると、移動は無理だ。たとえ、素面《しらふ》の状態でヘロインを買い、電車かタクシーに乗ったあとで我慢ができなくなり途中下車したのだとしても、海老塚の自宅マンションは世田谷《せたがや》なのだから、上野からは遠回りになる池袋で下りるのはおかしい。ヘロインは、徒歩での移動が可能な範囲で入手したと考えるのが妥当だろうから、あの夜、海老塚がヘロインを購入した場所が「マハラジャ・ナイト」である可能性は低い。

とは言え、ＲＹＯの存在はとても気になる。どこでどうやって出会ったのか、今の段階では想像もつかないが、もしかしたら、海老塚に麻薬を教えたのはＲＹＯかもしれない。

ＲＹＯは兼業で麻薬の売人もしているのかもしれない。

そう思った瞬間、ＲＹＯという男のことを調べてみたくなった。

昨日は、海老塚の死の背景をこれ以上知りたいとは思わなかった。だが、ＲＹＯの名刺を目の前にして、考えが変わった。

藤野にはほっとしたまま前に進んでほしいので、今、頭の中で転がっている憶測《おくそく》が当たったとしても、何も伝えるつもりはない。嘘はつき通す。けれど、もしRYOが何らかのかたちで海老塚の死に関与しているのなら、その報《むく》いを受けさせたくて、篠森は名刺に指先を伸ばす。

「名刺は差し上げます。私が持っていても、仕方ないものですから。でも、よろしいんですか？　篠森さん、お忙しいでしょう？」

まあ、それなりに、と篠森は笑んで頷く。

「仕事の合間に調べることになりますので、ご連絡はなかなかできないと思いますが……」

「大丈夫です。気長に待っています」


「お帰りなさいませ。このあとはご自宅へ向かわれますか？」

車に乗りこむと、春日井に尋ねられた。

「いえ。上野までお願いします」

かしこまりました、と返ってくる。篠森がシートベルトをしたあと、車はなめらかに駐車場から発進した。

「呼び出しがあったんですか？」

そう訊いてきた百合永は、篠森が答える前に「ああ。でも、上野だと管轄外ですね」と眉を上げた。

「仕事じゃない。百合永さん、この店、知ってるか?」

篠森が渡したＲＹＯの名刺を見つめ、百合永は「いえ」と首を振る。

「生憎《あいにく》、上野は守備範囲外なので。これから、この店へ行くのですか?」

「そうだ。このＲＹＯって奴を捜しに」

喫茶店でのことを簡単に説明しながら「マハラジャ・ナイト」を検索してみたけれど、まったくヒットしない。宣伝に不熱心なのか、できない理由があるのか。どちらにしろ、あまりまっとうな風俗店ではないようだ。とにかく、行ってみるしかない。

「麻薬の売人を倒すために、おひとりで危険な夜の町へ乗りこまれるとは、何だかますますビューティ・ポリスですね」

面白がる口調で百合永が笑う。

「援護いたしますので、瑞紀様のお色気アクションシーンを拝ませていただけると大変嬉しいのですが」

「お断りだ」

鼻を鳴らし、篠森は取り返した名刺を上着のポケットにしまう。

「ＲＹＯが麻薬の売人かどうかはまだわからないし、たとえそうだったとしても、倒したりしない。俺にそんな権限はないからな。証拠を添えて、通報するだけだ」

「ということは、そのＲＹＯという人物の捜索、警察手帳を使わずにされるおつもりですか？」

「ああ。俺は、仕事とプライベートははっきり分ける主義だ」

「ですが、それでは危険です。もし、この人物が本当に麻薬と関係していた場合、まったくの個人で商売をしているはずがありません。ヘロインはベランダで気軽に栽培できる大麻とは違うのですから、背後には何らかの組織が必ず存在しています」

「公安のキャリアに言われなくても、危険は百も承知だ」

「昨日も申し上げましたが、海老塚氏の死は、海老塚氏自身の選択の結果です。瑞紀様が責任を感じられる必要はありません」

「だとしても、調べる。それが、俺に警察官への道を開いてくれた先生への恩返しだからな」

告げた篠森を、百合永がじっと見つめてくる。

「焼けます」

「焼ける？　何が？」

言葉の意味が咄嗟に摑めず、首を傾げた篠森に、百合永が言った。

「私の胸が、です」

今まで、色恋とは無縁に生きてきた篠森には、取引としてセックスをした自分たちの関係を表現する適切な言葉を見つけられない。ただ、好みだと言われても、交際を申しこまれたわけではないのだから、「恋人」ではないことだけははっきりしている。

なのに、妙に熱っぽく返され、篠森は思わず眉を寄せた。

「胸焼けでもしてるか?」

「ええ。自らの危険も顧《かえり》みず、海老塚氏のために動こうとされる瑞紀様を見ていると、舞い上がる嫉妬の炎で胸が焼けるようです」

決して恋人ではないはずの男の声音にはますます熱が込められているが、篠森にはその理由が判然としなかった。眉間の皺を深くして、ふと思い至る。

昨日は尻尾を使わなかったので、百合永との取引はまだ終わっていない。あの悪趣味な尻尾を装着するまでは、百合永は自分に対して一時的な所有者の気分でいるのかもしれない、と。

「いっそ、そのまま燃え上がって灰になればいいのに」

べつに不愉快に感じたわけではない。それでも、ほかにどう返せばいいのか判断がつかず、鼻を鳴らした篠森に百合永が微笑みかける。

「もし私が不本意な理由で灰と化したときも、瑞紀様はこのようにその原因を調べてくださいますか?」

想定外の変化球を投げられ、篠森はまたたく。

「俺が調べなくても、キャリアが死んだら、警察が総力を挙げて捜査するだろ」

「部署が部署だけに、警察上層部に全力を挙げて隠蔽される可能性もあります」

「だけど、百合永さんは現場には出ないんだから、そんな危険はそもそもないんじゃないのか?」

「出なくても、私は現場と指揮官である課長との調整役ですから、情報はすべて私の耳を通りますし、中には知りたくなかったと思うようなものもありますので」

ちょっとした好奇心が疼く。たとえば、どんな、と訊きたかったが、訊いたところで欲しい答えが返ってこないことはわかりきっているので、「へえ」とだけ呟く。

「そういうわけですから、私にも不本意な灰となる可能性はあります。そのときには、瑞紀様に調べていただけると嬉しいです」

「俺はそこまで暇じゃない。灰にならないよう、自分で注意しろよ。あんたなら、できるだろ」

「つれないですね、瑞紀様は。ますます焼けます」

そんなことを言いつつも、百合永の口もとにはやわらかな笑みが湛えられていて、気を悪くしたふうもない。一体どこまでが本気なのか、さっぱりわからない。

「……馬鹿」

小さく返して、篠森は視線を窓の外へ向ける。

昨日という日を経験していなければ、篠森は百合永の生き死にに何の興味も持たなかった。けれども今は違う。もし、百合永が何らかの原因で命を落としたとしたら、きっととても悲しいと思うだろう。

自分を不要品のように捨てた父親に忠誠を誓い、父親の意向に添って動く百合永をあんなに疎ましく感じていたはずなのに、不思議だ。

篠森はぼんやりと思った。――これが情を交わすということなのだろうか、と。


ＲＹＯの名刺に記載された「マハラジャ・ナイト」の住所には、「サロン　ベアボーイズ」の看板が掲《かか》げられていた。

「……住所、ここだよな」

スマートフォンの画面に表示されている地図と目の前の看板を見比べ、眉を寄せた篠森の隣で、勝手についてきた百合永が「ええ、合ってますね」と頷いた。

とりあえず、中へ入ってみると、カウンターの奥からすぐさま従業員が現れた。

「いらっしゃいませ。二名様ですか？　うちはいい子を取りそろえておりますよ」

三十なかばほどだろう従業員が愛想よく、出勤しているボーイの顔写真が並ぶパネルへ掌を向けて言う。

「一番人気の拓也《たくや》はただ今九十分待ちですが、二番手の修馬《しゅうま》や、人気急上昇の新人・空也《くうや》は三十分待ちとなっておりますが、いかがいたしましょう？」

「悪いが、俺たちは客じゃない。この場所は『マハラジャ・ナイト』という店の住所のはずなんだが」

「はあ？」

篠森たちが客ではないとわかったとたん、態度を崩した従業員が目を眇《すが》めた。「マハラジャ・ナイト」が警察に目をつけられるようなことをして看板をすげ替えたのであれば、返ってくるのは警戒心か、わざとらしい素知らぬふりだ。けれど、従業員の男がじろじろと向けてくるのは、心底胡散臭《うさんくさ》げな眼差《まなざ》しだった。どうやら、この店は「マハラジャ・ナイト」とは関係ないようだ。

「あんたら、そんなふうには見えないけど、探偵？」

「いや。そうじゃないが、個人的な事情で『マハラジャ・ナイト』で働いていたＲＹＯという男を捜している」

こういう場合の情報の得方は極めてシンプルだ。篠森は財布から五千円札を一枚抜き、折りたたんで従業員に握らせた。それをポケットの中に素早くねじこんだ従業員は、篠森が財布をしまった上着の内ポケットへ粘《ねば》り気のある視線を向け、「ふうん」と返す。

「うち、先月オープンしたばっかなんだよね。前に入ってたランパブがスタッフに金持ち逃げされたとか何とかで、半年もたずに潰《つぶ》れちゃったあとをうちのオーナーが居抜きで借りてさ。そのランパブの前に入ってた店が、確かそんな名前だった気がするような、しないような」

「礼はする。はっきり思い出してもらえないか？」

篠森は財布を取り出し、今度は一万円札を男に渡した。

「ん～、そうだなあ。ああ、確か、そうだ。うちの前の前の店が『マハラジャ・ナイト』っていう男の娘《こ》イメクラだったたって聞いたな」

「おとこのこ？　未成年を働かせていたということか？」

もし、その中に十八歳以下の少年が含まれていたら聞き捨てならないことだと思い、つい勢いこんだ篠森を、従業員が「へ？」と見やる。

「瑞紀様。男の娘とは、女装した男子のことで、子供という意味でありません」

百合永が篠森に耳打ちする。

「……女装？」

「はい。厳密には男の娘と女装男子はイコールではないのですが、とても大ざっぱに言えば、そういうことになります。ですので、『男の娘』は、子供の『子』ではなく『娘』という字を書いて『こ』と読みます」

一度聞いただけでは理解が難しい説明だったが、とにかく法令違反をしていたわけではないようなので、篠森は「そうか」とだけ返した。

「あんたらって、一体何？　変に年齢を気にしてるからマッポかと思ったけど、マッポ同士なら様づけで呼んだりしないしな」

何だと訊かれても、篠森自身にもわからないことは答えられない。

男の顔にあるのは、こちらの素性《すじょう》を怪しんでの用心ではなく、あからさまな好奇心だったので、篠森は「質問をしてるのは、こっちだ」と強気に凄《すご》んだ。

「美人なのにおっかないねえ」

大げさに肩をすくめ、男は口を開いた。

「俺も又聞きだから詳しくはないけどな。あそこは線の細い綺麗目《きれいめ》の子を揃えて、かなり繁盛《はんじょう》してたのに、共同オーナーだった兄弟が大喧嘩して、店を畳《たた》んだって話だ」

「そのあとはどうなったんだ？『マハラジャ・ナイト』はどこかへ移転したのか？」

「そこまでは知らないな。ただの又聞きだからな」

男は薄く笑って、カウンターから身を乗り出してくる。

「だけどさ。俺の知り合いの知り合いが、あの店で働いてたんだ。今日、明日って訳にはいかないが、そいつに訊けば、何かはわかると思うぜ」

山下《やました》と名乗った男にプライベート用の電話番号を書いた紙と追加の情報料の前払い分を渡し、店を出ると、街に漂《ただよ》う夜の色が濃くなっていた。

「あの男、信用して大丈夫ですか？」

隣を歩く百合永が尋ねてくる。

「多分な」

前払い分の金を受け取ったときの山下の目を思い出しながら、篠森は頷く。

「随分、曖昧《あいまい》な答えですね」

「仕方ないだろ。ほかに情報源がないんだから」

こうした歓楽街で働く者たちの中には、反社会勢力、もしくは逆に警察と繋がっている者も少なくない。警察手帳を携《たずさ》えておこなう捜査ではないので、近隣の店舗に片っ端から聞き込むことで、どんな化学反応が起きるかわからない。

個人的な調べとは言え、警察官という身分を持っている以上、篠森のしていることは傍目にはよその署の管轄《シマ》を荒らす行為としか映らない。上野署に知り合いはいないが、万が一、署員の誰かに素性が漏れれば、きっと苦情が来る。そして、松中の耳に入り、正式な処分を受けたりすればＲＹＯを追うことが難しくなる。

だから、現状では山下を信用して連絡を待つのがベストの方法だと篠森は判断した。

「ＲＹＯという人物のこと、私がお調べしましょうか？」

海老塚の死の背景を調べたいということは、ごくプライベートな欲求だ。公安の力はもちろん、二宮家の力も借りたくはない。そう思いはするものの、昨日、百合永に縋《すが》った時点で、そんなことを口にする資格はなくなっている。

一週間経っても山下から連絡がなければ、と言おうとして、ふと気づく。

「それ、有料か？」

「まあ、そうですね。情報というものは、ただではありませんから」

情報量として求められているのが何なのかは、声だけでわかる。

——昨夜の未払いのぶんに加えての、セックス。

すでに抱かれてしまったのだから、あと一度でも二度でも、もうあまり違いはない気がする。

それでも、あっさり「そうか、じゃあ」と応じるのは躊躇《ためら》われる。

「……八方塞《はっぽうふさ》がりでどうしようもなくなったら、頼む、かも、しれない」

「わかりました。では、今日はもうお戻りになりますか？」

「ああ」

低く返して、春日井が待ってくれている駐車場へ向かう。何だか妙に気恥ずかしくて、篠森は足を速めた。そして、百合永から幾分《いくぶん》離れた直後だった。

前から歩いてきた男にふと目を引かれた。身長は百合永と同じくらいだが、厚みは三倍ほど。太っている印象は受けないものの、むっちり感が強烈な身体をぴったりとしたTシャツとジーンズで包んでいる。

とても窮屈《きゅうくつ》そうだ。少し大きな動きをすれば、どこかが破れてしまうのではないだろうか。

そんなことを思ったとき、男がすれ違いざまにくるりと方向転換すると同時に、その腕が篠森の肩に巻きついた。

「やだぁ〜、すっごいタイプ！　ね、ね。これから一発どう？」

篠森は抱きつかれたまま、棒立ちになった。

男の腕は太くてがっしりしていたが、動けなかったのはそのせいではない。

まだ二十時にもなっていない時間なのに、強烈な酒臭と、いっそ感心するほどストレートな誘い文句。しかも、甲高《かんだか》い裏声が紡《つむ》ぐのは明らかな女言葉。

場所を考えれば、早い時間の酔っ払いなど珍しくないのだろうし、熊のような外見をしているからと言って、男らしい必要などないのかもしれない。けれど、ゲイタウンには過去に捜査で何度か足を踏み入れたことがあるだけで、慣れてはいない。

篠森は、男の見た目と中身のギャップに驚いた。それから、やたらとぴちぴちしたTシャツの、まったく破れそうな様子もない優れた伸縮性にも。

「ね、どうよぉ？　アタシ、上手《うま》いわよ〜？」

「生憎、デート中なので」

そう言って、篠森の肩から男の手を押しやったのは、百合永だった。

「それに、上手い男はもう間に合ってますよ」

「あら〜、彼氏いたの？　ま、いいわ。じゃ、三人で一緒にどう？」

「結構。そんな趣味はない」

素《そ》っ気《け》ない声を短く投げ、百合永は篠森の腕を「参りましょう」と引く。

「あ、ああ……」

ネオンと男たちが生み出す喧噪《けんそう》が猥雑《わいざつ》に溶けこむ路上を足早に歩き出すと、背後から「減るもんじゃないんだし、一発くらい、いいでしょ、ケチ！　インポ！」と、品のないがなり声が飛んできた。ぎょっとして辺りを見回したものの、奇異の目を向けてくる者はいない。見て見ぬふりと言った雰囲気だ。ここでは、こんな小さないざこざは日常茶飯事なのだろう。

「百合永、さん……」

あの男にされるがままになっていたのは、べつに体格差で圧倒されていたからではない。単に驚いていただけで、逃げようにも逃げられなくて困っていたのではないが、助けの手を差し伸べられたことには変わりないので、一応、礼は言うべきなのだろうか。

「はい。何でございましょう？」

迷いながら呼んだ男が、篠森を見つめて微笑む。

「……誰が誰とデート中だよ？」

「もちろん、私と瑞紀様が、でございます」

「これはデートじゃない。あんたが勝手についてきただけだ」

大事なことなので、篠森は語調を強くした。

「それに、大体、俺は女じゃないぞ？　三十一の大の男で、そもそも刑事だ。誰かに守ってもらう必要はない」

「必要か不要かは関係ございません。瑞紀様を——二宮の血を引く方をお守りするのは、私の義務です」

「それって、自分は二宮の犬だって宣言してるのと同じだぞ、百合永さん。言ってて、疑問を感じたりしないのか?」

「特には。私は、猫より犬派ですので」

本音か冗談か、さっぱりわからない答えの語尾に、篠森のスマートフォンの着信音が重なった。振動するそれを、スーツのポケットから取り出す。

帰宅したらしい藤野からメールが届いていた。

――今日はありがとうございました。本当に気持ちが楽になりました。あの名刺の件、本当にいつでも構いませんので、ご無理はなさらないでくださいね。

そう書かれた藤野のメールに当たり障《さわ》りのない返信をして、スマートフォンをポケットにしまうと、ため息が深く漏れた。

「何か悪い報《しら》せでも来たんですか?」

「……いや。藤野さんから、今日の礼が来ただけだ」

海老塚の生前、篠森は藤野と交流を持ったことはなかった。それでも藤野は、海老塚の「事故」を捜査した所轄署と同じ報告を繰り返した自分の言葉を疑わずに信じてくれた。

示された信頼のぶんだけ、嘘をついたことへの罪悪感が膨《ふく》らんで胸が重くなる。藤野に心安らかでいてもらうために選んだ嘘とは言え、呼吸をするたびに胸を覆《おお》う靄《もや》が濃くなっていくようで、息苦しい。

「ご自分の判断を後悔していらっしゃるのですか？」

察しよく問われ、篠森は「そうじゃない」と首を振る。

喫茶店へ入る前に時間が巻き戻ったとしても、きっと自分は同じ選択をするはずだから。

「だけど……、酒が飲みたい」

呟いた篠森を、百合永が「瑞紀様」と甘い声で呼ぶ。

「それは、昨日の続きのお誘いでしょうか？」

想像もしていなかった返しに、つい脱力する。その拍子に脚が縺《もつ》れそうになり、篠森は思わず立ちどまった。

一体、どんな耳をしていたら、そう聞こえるのだ、と問いただそうとしたが、それより先に百合永が言葉を続けた。

「生憎、今は尻尾の持ち合わせがないのですが」

まるで、尻尾つきのアナルパールを持ち合わせている日があるような口ぶりで、ひどく残念そうに言ったあと、百合永は篠森に向ける双眸《そうぼう》を甘くたわめた。

「しかしながら、指サックなら持っております」

「……何で、持ってるんだよ？　そんなもの」

「瑞紀様の初体験をいただいた貴重な記念品ですので、肌身離さず持っております」

告げられた瞬間、まるで細胞が弾けでもしたかのように体温が一気に上昇した。

「——なっ」

反射的に視線を走らせた周囲には百合永の声は届いていないようだし、たとえ聞こえていてもこの街では誰も気にしないのだろうけれど、どうにも居たたまれない気持ちになる。

「尻尾ではありませんので、情報料の支払いとしてはノーカウントになりますが、慣れる練習ということでもよろしければ、お酒共々、喜んでおつき合いいたしますよ」

「——つき合ってもらわなくていい」

朱の散った顔を、篠森はふいっと背ける。

「酒は、家で玲於奈《れおな》と飲む」

「あの巨大うさぎは、飲酒をするのですか？」

百合永が驚いたふうな声を上げた。

「そんなわけあるか。玲於奈を眺めながら、飲むんだ」

「もしや、瑞紀様は、そういうことをよくなさるのですか？」

「してたら、悪いのかよ？」

「そうですね。うさぎと晩酌《ばんしゃく》は、おやめになられたほうがいいかと。聞こえが悪いですし、心の闇《やみ》を感じてしまいます」

「俺は普通だ。勝手に闇の住人にするな」

「しかし、瑞紀様。うさぎを相手におひとりで酒を飲むお姿は、想像するだに寒々しゅうございます」

「寒くない。玲於奈は抱きしめたら温かいし、癒《いや》される」

「私は巨大うさぎよりももっと、瑞紀様を温めて、癒してさしあげることができますよ?」

鼓膜《こまく》の奥へ沁《し》みこんできたやわらかな声が、鼓動を速くする。

大きく跳ねる心臓を宥《なだ》めようとそこへ手をやり、気づく。胸を重くしていた罪悪感が、いつの間にかべつのものに変わっていた。

「家でお飲みになられるのでしたら、私もお邪魔してよろしいでしょうか?」

「……勝手にしろよ」

拒《こば》む気力もなく呟いた篠森の手を、百合永が握る。

「おい、何だよ?」

「虫よけです。こうしていれば、先ほどのような不埒《ふらち》な輩《やから》はもう寄ってこないでしょうから」

「してることを考えたら、あんたが一番、不埒だと思うが」

「お褒《ほ》めにあずかり、光栄です」

「褒めてない」

「ですが、好みの方が横たわるベッドの上で不埒になれない男は、男ではございませんので。もちろん、お相手の方を満足させてこその不埒ですが」

「満足してるかどうかなんて、どうやって確かめるんだ?」

「見ればわかります」

「芝居をしてるかもしれないのに?」

「芝居か本音かも、見ればわかります」

「……あそ」

それ以上の問いを重ねると、やぶ蛇《へび》になる気がした。小さく息をついて、腕から力を抜くと、百合永が指を強く絡めてきた。

昨日、自分の身体を隅々まで愛撫《あいぶ》した指の温かさに、胸のざわめきを煽《あお》られる。

辺りを見回せば、男同士で肩を組んだり、物陰であからさまに睦《むつ》み合《あ》ったりしているカップルも多い。自分たちが手を握り合っていたところで、特に目立つわけではないとわかっていても、何だかそわそわしてしまう。誰かと手を繋いで歩くなど、子供のとき以来だ。

そして、こんな大きな手に、力強く握られたのは、初めてだ。それなりに可愛がってはくれても祖父は幼子の手を取るような性格ではなかったし、子供だった篠森にとって、父親はいないも同然の存在だったたから。

「……そう言や、親父は今、どうしてるんだ?」

「医師の見立てよりも快復がお早く、先日、退院されて、現在は伊豆《いず》の別荘でご静養中です」

別荘には、二宮夫人と、百合永の父親をはじめとする幾人かの使用人たちがつき添っているらしい。

「だから、昨日、屋敷の中が静かだったのか」

「ええ。旦那様が来月の楓葉会の主人を務められるかは、まだ微妙なラインのようですが、今月末には、準備のために奥様がお戻りになられます。それから、私の父も。ですので、またすぐに賑《にぎ》やかになりますよ」

「へえ」

父親が望んで築き上げたのだから、現在の二宮家はきっと、自分が触れたこともないような慈《いつく》しみに満ちた家庭なのだろう。ぼんやりと、篠森はそんなことを考えた。

現・二宮夫人と異母妹の千郷には元々悪感情は特に持ち合わせていないけれど、父親のことが頭に浮かぶと、いつもならとても腹が立つ。なのに、今はそうならない。

ただ、百合永と繋いだ手がじんわりと温かくて、なぜか足もとがふわふわと覚束《おぼつか》ない。硬いアスファルトを踏みしめているはずが、まるで綿雲の上を歩いているようだ。

――この感覚は何だろう。

そんな疑問を頭の中でぼんやりと転がしながら、篠森は歩いた。ふと見上げた夜空に、金色の三日月が浮かんでいた。

管理人の白石夫妻はほぼ毎日、玲於奈の副食用の食材を補充してくれる。だから、篠森のキッチンの冷蔵庫の野菜室には、常に玲於奈のための新鮮な野菜と果物が並んでいる。けれども、篠森自身のためのものは牛乳くらいしか入っていないことを思い出し、帰路の途中、通りかかったスーパーに寄った。やはりついてきた百合永が高いワインを選ぼうとするのをとめて、缶ビールを四本とつまみを買いこんだ。そして、スーパーを出たとき、道路を挟んだ真向かいに小さな呉服屋があることに気づいた。

もう店じまいの時間のようだ。着物姿の女性店員が軒先《のきさき》から下ろした臙脂色《えんじいろ》の暖簾《のれん》がふわりと舞ったのを見て、ある考えが篠森の脳裏を過《よ》ぎった。

「百合永さん。先に行っててくれ。すぐに戻るから」

青信号が点滅していた横断歩道を走って渡り、篠森は女性店員に「すみません。まだ買えますか?」と尋ねた。店員は愛想よく頷いてくれた。

「ええ、大丈夫ですよ。何をお求めですか?」

「風呂敷を。……青系のあまり派手ではない色で、若い女性が好みそうなものがあれば」

店員が手際よく選んでくれた浅葱色《あさぎいろ》の風呂敷を買い、来た道を駆け足で引き返して、百合永たちが待っていた駐車場の車に乗った。

「悪い、待たせた」

「何を買われたのですか?」

篠森が持つ呉服店の紙袋を、百合永が不思議そうに見やる。

ちょっとな、と肩をすくめ、篠森はシートベルトを締めた。車にエンジンがかかる。駐車場を出た車は二十分ほどでマンションに到着した。

「今日はこれで上がってくれていい。朝、連絡する」

スーパーのレジ袋を持って下車した百合永が、春日井に告げる。「かしこまりました」と声が返され、車が静かに走り去る。

「……百合永さん、うちに泊まる気か？」

「泊めていただけるとありがたいです。この辺りは夜の遅い時間になると、タクシーが拾いにくいので」

じゃあ、遅くなる前に帰れよ、と思ったけれど、その言葉はどうしてか喉の奥へすべり落ちていった。

「……言っておくが、今晩は、いやらしいことはなしだぞ。百合永さんが勝手についてきただけなんだから」

「承知いたしました」

見上げた男が、大きく頷く。やけに色めいた笑みに見え、どこまで信用していいのか迷ったものの、誰に見られるかわからない路上で揉《も》めることもできない。

仕方なく、百合永と並んで集合玄関をくぐり、部屋へ向かう。

「ただいま、玲於奈」

玄関の鍵《かぎ》を開け、玲於奈を呼ぶ。すぐに、リビングダイニングから、どすっ、どすっと重い足音が響き、オレンジ色のもこもこした姿が現れる。だが、篠森の隣に立つ百合永に気づいたとたん、玲於奈は床をダンダンダンッと踏み鳴らし、奥へ引っこんでしまった。

「あれは、帰りが遅い、という抗議ですか?」

「違う。玲於奈はそういう理由でむくれたりはしない。食事の時間に戻れない日は、管理人夫婦がちゃんと世話をしてくれるからな」

今晩もすでに白石夫妻が与えてくれている。

「では、今のは何ですか?」

「うさぎが足を踏み鳴らすのは威嚇《いかく》か警戒の意思表示だから、百合永さんへのブーイングだろ」

「なぜ、私がブーイングをされるのですか?」

「この前、俺を襲ったから、敵認定されてるんだよ」

篠森は答えて、靴を脱ぐ。

「襲った、とは心外ですね。色々と未遂《みすい》だった上、私は最終的には被害者でしたのに」

「どの口で言ってるんだよ」

小さく息をついて廊下へ上がり、リビングへ入ると、玲於奈は牧草の入った桶《おけ》の前にでんと陣取り、食事中だった。

「玲於奈」

声を掛けても、玲於奈は振り向かない。いつものように立ち上がって顎をこすりつけるマーキングをしようとする様子もない。どうやら、百合永の存在がかなり気に入らないらしい。機嫌が悪いときに構おうとすると、玲於奈はよけいに臍《へそ》を曲げて、頭突きをしてくるので、しばらくそっとしておいたほうがよさそうだ。

「瑞紀様。台所をお借りしてもよろしいでしょうか？」

百合永がテーブルの上に膨らんだレジ袋を置いて、言う。

「かまわないが、火を通すものなんてあったか？」

ちゃんとした料理が食べたくなったら出前を取るつもりだったので、割り勘で買った酒のつまみは、缶詰や乾き物などのそのまますぐに食べられるものばかりだったはずだ。

「いえ。そうではなく、料理を皿に移そうと思いまして」

「わざわざ移さなくても、そのまま食べればよくないか？」

この場に何人も大勢集まっていれば、もちろん、取りやすいように皿に盛り分けるが、たったふたりだけの酒盛りだ。そんな面倒なことをしようという発想はまったくなく、首を傾げた篠森を、百合永がまじまじと見つめた。

「世が世なら、由緒《ゆいしょ》正しい公卿家の若君様として雅《みやび》な生を謳歌《おうか》されていらっしゃったはずなのに、おいたわしい。警察の独身寮のバンカラ気質とは、かくも感染力の強いものなのでしょう

か」

「俺も時々、あんたの頭の中は明治でとまってるんじゃないかと、おいたわしくなるよ、百合永さん。そもそも、今時、バンカラなんて言葉、通じないぞ」

「瑞紀様には通じておりますので、問題ありません」

「……百合永さんと飲むと、悪酔いしそうだ」

本当にそうなって、うっかり忘れてしまわないように、篠森は先ほど買った風呂敷の入った紙袋を百合永に差し出した。

「これ、千郷に渡してくれ。風呂敷だ」

法曹界《ほうそうかい》では裁判所へ資料を持ちこむ際、それらを風呂敷に包む習慣がある。もっとも、そうする者の大半は国から桐紋《きりもん》入りの風呂敷を支給される検事で、自前でわざわざ用意する弁護士は少数派だ。篠森は送検した事件の裁判で、検察側の証人として出廷することがままあるが、風呂敷を使用している弁護士はあまり見かけない。

「もう買っておいて何だが、千郷は風呂敷を使う派か？」

「申し訳ありません。そこまでは存じませんが、事前にお知らせくだされば、千郷様にお訊きしましたのに」

「それで、使わないと言われたら、ほかに何を贈っていいか、わからないからな」

脱いだスーツの上着を椅子の背に掛けながら、篠森は小さく苦笑する。

「関係性を考えたら、俺が千郷に靴や鞄を贈るのはおかしいし、そもそも贈ったところで千郷も困るだろ」

「そうかもしれませんね。休日にビーチサンダルを愛用される瑞紀様と、どのようなときも美しく装っておられる千郷様とでは、感性が違いますし」

「さらっと嫌味を言うなよ」

「嫌味ではなく、単なる事実でございます」

百合永は双眸《そうぼう》をやわらかくたわめ、「こちらのお品は、確かにお預かりしました」と風呂敷の入った紙袋を受け取る。

「もし、千郷がいらないと言ったら、百合永さんが適当に処分してくれ」

「千郷様は寄せられた厚意を足蹴にされるような方ではありませんので、そんなことはないかとは思いますが、万が一の場合は私がいただいてもよろしいでしょうか?」

ああ、と返して、篠森は玲於奈を見た。まだ背中を向けて牧草を食べているが、長い耳が大きく反ってぴくぴくしているので、こちらを気にはしているようだ。

「ちなみに、この風呂敷は、千郷様が次期当主に決まられたお祝いですか?」

「それもあるが、司法試験の遅い合格祝いも兼ねて。もしかしたら、今後、裁判所で見かけることもあるかもしれないしな」

百合永は「なるほど」と頷いて、風呂敷をテーブルの隅へ寄せ、レジ袋の中身を取り出しはじめた。

「あ。酒とつまみは袋に入れたままにしておいてくれ。庭へそのまま持って行くから」

「庭？　月見酒をなさるんですか？」

「そういう風流なことじゃない。うさぎはアルコールに弱いから、部屋に匂いが籠もらないように庭へ出るんだ」

「瑞紀様は家で飲まれるときは、いつもそうされるのですか？」

「ああ」

「冬も、ですか？」

「そうだ」

「寒くないのですか？」

「俺が寒いの暑いのより、玲於奈の健康のほうが大事だ。もし、誤飲でもしたら、最悪死ぬこともあるんだぞ」

「あの巨大うさぎを眺めながら飲む、とは、もしかして窓越しに、ということですか？」

「もしかしなくても、窓越しだ」

だから、庭には座り心地のいいガーデンテーブルセットを置いている。

「……さようでございますか」

百合永は物言いたげに片眉を撥ね上げたあと、息をひとつついて、「では、参りましょう」

とレジ袋を持った。玲於奈が草を食《は》む横を通ってサンルームへ抜け、篠森は掃《は》き出し窓を開けた。

「瑞紀様。あれは何ですか？」

靴脱ぎ石の上のサンダルを足先に引っかけた篠森の背後から、百合永が庭の隅を指さす。

そこでは、山型になったビニールシートが、部屋から漏れる明かりを反射して、青く光っていた。中にあるのは木材――玲於奈のための組み立て式のトンネルハウスの材料だ。

夏の初めに、ハンドメイドマーケットのサイトで見つけて注文し、つい先日届いたことを告げながら、篠森は庭に下りて、伸びをした。

「次の休みの日にでも組み立てようと思って」

九月も残すところあと数日。日中はまだ気温が高い日も多いが、夜は暑くも肌寒くもなく、過ごしやすい。管理人の白石夫妻が手入れをしてくれている緑の、夜気の中でしっとりと漂《ただよ》う匂いも心地いい。

「リビングにはソファとテーブルだけで、危険なものは置いてないから、部屋の中で自由にさせてるが、うさぎだし、狭くて暗い隠れ家があったほうがいいかと思ってさ」

「ですが、あのボリュームだと、結構な大きさになるのではありませんか？」

百合永もサンダルを履いて、庭に下りてくる。

「暗くて、狭いどころか、ちょっとした熊小屋が作れそうな量に思えますが」

「うさぎに熊小屋を作るわけないだろ。トンネルがタコの足みたいにたくさんついてるから、材料が多いように思えるだけだ」

篠森はスマートフォンで販売サイトにアクセスし、「ほら」と百合永の眼前にかざした。

「長野の家具職人が手作りしてる、二ヵ月待ちのやつだぞ」

「想像より、ゼロが一桁《けた》多いですね」

画面を見た百合永が眉を上げ、ガーデンテーブルにレジ袋を置いた。

「玲於奈のサイズに合わせたオーダーメイドなんだから、多少高いのは当然だろ。あんたや親父のしてるネクタイが、五千円で買えないのと同じだ」

直後、百合永の手が胸もとへ伸びてきたかと思うと、その長い指がネクタイに絡んだ。

「前々から気になっていたのですが、瑞紀様のネクタイはいかにも五千円ですね」

「悪かったな」

ネクタイだけでなく、胸にも触れていた百合永の指を弾き、篠森は鼻を鳴らす。

「俺はただの地方公務員だからな。身の丈《たけ》に合った格好をしてるだけだ」

「まあ、確かに、川で凶暴な亀を捕獲しなければならないようなお立場では、老舗《しにせ》テーラーのオーダーメイド・スーツは無用の長物《ちょうぶつ》かもしれませんが、問題はそこではございません」

「じゃあ、どこだよ?」

「瑞紀様のお金と時間の使い方です。ご自分は五千円のネクタイをされているのに、巨大うさぎにはその何十倍もの費用をかけ、第一線の刑事にとっては貴重なはずの休日を小熊うさぎの隠れ家製作に費やすなど、愚の骨頂《ぐのこっちょう》かと存じます」

「ほっとけよ。俺の生活は、仕事と玲於奈でできてるんだから」

「余暇《よか》のすべてを巨大うさぎで埋めるなど、健全な成人男子がなさることとは思えません」

「いいだろ、べつに。誰に迷惑を掛けてるわけでもないんだから。それから、川で探してたのは亀じゃないって言っただろ。事件の証拠品だ、証拠品」

そうでしたね、と笑った百合永に腕を取られ、身体を反転させられる。向き合う体勢になった男に、真正面から見つめられる。

「瑞紀様」

「……何だよ?」

肌にまとわりつく視線に妙な熱を感じて、篠森は半歩、後退《あとずさ》る。

開いた距離のぶんだけ、百合永が間合いを詰めてくる。

「僭越《せんえつ》ながら、私が有意義な時間の過ごし方をお教えいたしましょうか?」

「いらない。俺の時間は、仕事と玲於奈だけで十分有意義だ」

「そう仰らず、一度、試してみませんか? 私と過ごす時間のほうが、きっと何倍も楽しいはずですよ」

「楽しいのは、主《おも》にあんただけだろ」

「瑞紀様にもお楽しみいただけるはずです。私はあの巨大な熊うさぎと違って、言葉が話せて、意思疎通《そつう》ができますから」

「俺にとっては、あんたより、玲於奈との意思疎通のほうがよっぽどしやすい」

首を振って、さらに後退《あとずさ》ったときだった。

開けっぱなしだったサンルームの掃き出し窓から、玲於奈が飛び出してきた。大ジャンプで庭に降り立った玲於奈は、百合永にむっちりした尻を向け、後ろ肢を高く上げた。そして、篠森が危ないと警告を発するより先に、百合永の脚におしっこを噴射した。

「玲於奈。あいつの脚はトイレじゃない。していい場所じゃないんだぞ」

百合永を風呂場へ追いやり、すっきりした顔で部屋の中に戻って牧草を食みはじめた玲於奈のむちむちした背に向かい、篠森はため息をつく。すると、玲於奈はダンダンと脚を踏み鳴らし、桶の中へ飛びこんだ。飼い主の危機を救ったつもりなのだろう玲於奈にしてみれば、怒られる謂《い》われはないと言いたいらしい。

前回、同じ行動を取ったときには「でかした」と篠森が褒めたぶん、よけいに釈然《しゃくぜん》としないのか、玲於奈は、ばばばっと雑に掘った牧草の窪《くぼ》みに埋まり、ふて寝を始めた。

今日はもう、玲於奈に触れるのは無理のようだ。苦笑を漏らし、床に散った牧草を拾って桶の中へ戻していたとき、シャワーを浴びに行っていた百合永が戻ってきた。

篠森は、百合永に合うサイズの服は持ってない。けれど、今回はこの前とは違ってバスタオルはたくさんある。なのに、リビングへ入ってきた百合永は、全裸だった。

そのくせ、右手には指サックを装着していた。

ベッドの中ならともかく、煌々《こうこう》と明かりのついた部屋の中を全裸に指サックという格好で、長大な性器を堂々と揺らして歩いてくる男に、篠森は戦慄《せんりつ》した。

「何で、真っ裸なんだ。バスタオルを好きなだけ使えって言っただろ」

強い既視感を覚えながら、篠森は思わず後ろ手に逃げた。

「ですが、どうせ、すぐに取ってしまうものですから」

甘いのに、どこか獣めいた目を細めた百合永に腕を引かれ、立たされる。

「……どういう、意味だよ？」

「こういう意味です」

囁いた百合永に耳朶《じだ》を舐められ、肌が一気に火照《ほて》る。

「や、やめ……っ」

やめません、と笑った男の指が、首筋をすべる。

「今晩は……、しないって、言った、じゃ、ないか……」

抗《あらが》おうとした身体を強い力で抱きしめられ、動けなくなる。

「瑞紀様はもしかして、おつき合いそのものをされたことがないのですか?」

「だったら、何だ」

百合永相手に恥ずかしがるのも今更に思え、むすりと告げたとたん、いきなり身体が宙に浮いた。百合永に横抱きに――ドラマや映画でよく見る「お姫様抱っこ」をされているのだと気づくのに、数秒かかった。

「ベッドは隣の部屋ですね?」

自分の格好に呆然と驚いていたせいで、篠森はうっかり反射的に頷いた。

百合永は篠森を抱えたまま器用に寝室のドアを開けて、中へ入り、また閉めた。

「――お、下ろせ、馬鹿っ」

よじった身体を、「承知いたしました」とベッドに下ろされる。間を置かず、百合永もベッドに乗って、篠森の腰を膝立ちで跨《また》いだ。その股間の赤黒い性器は、すでに隆々《りゅうりゅう》と勃起して反り返っていた。

「瑞紀様は男の扱いをご存じないようですので、お教えいたしましょう。本当に抱かれたくないときには、男を部屋に上げてはいけません」

言いながら、百合永は脈動する自身のペニスを扱《しご》き上げると、根元に手を添えて切っ先を下げた。そして、丸々と太い亀頭で、篠森のペニスをぐりぐりと押しつぶした。

「あっ、あっ……」

厚みなど大してない夏用のスラックスと下着越しに、雄の息吹が沁みこんでくる。

ずんっ、ずんっと突きつぶされるつど、篠森のペニスも熱をはらんで硬くなっていった。

「うっ、ぁ……。最初、から……、このつもり、だったのかよ……っ」

「まあ、九割方、そうですね」

「騙すなんて、それでも、警官か？」

「私が、息をするように嘘をつく公安だと、瑞紀様はご存じだったのですから、この場合は騙された瑞紀様にも非があるかと」

笑った百合永が、腰の位置を落とす。スラックスと下着に包まれたペニスの亀頭に、ずっしりとした雄の剣先がぐぅぅっとめりこんでくるようで、篠森はシーツを引っ掻いて悶《もだ》えた。

「あぁぁっ」

「それに、巨大な熊うさぎの粗相の責任も取っていただかないといけませんしね」

「あ、あれは……、あんたが熊、熊って連呼するから、玲於奈が機嫌を悪くしたんだ。自業自得だろっ」

「いいえ。瑞紀様のしつけの欠陥《けっかん》です」

まるで罰《ばつ》を受けているかのように、ますます圧力を掛けられるペニスがいびつな形にひしゃげながら、その刺激を吸収して膨張していく。

「あ、あ、あ……」

つぶされる圧力と張《みなぎ》りの充血を同時に感じ、強烈な歓喜が頭の中で渦を巻く。たまらなかった。ペニスでペニスを突き擦られる感覚に痺れた足先が、反り返って引き攣《つ》る。百合永の太い亀頭の下で、篠森のそれは限界寸前に腫れ上がっていた。

「あ、あっ。出、る……っ。出るから、離せ……っ」

このままでは、下着の中で射精してしまう。昨日、経験させられたその決まりの悪さを思い出し、篠森は首を振る。

「では、巨大うさぎの粗相の謝罪をしていただけますか？」

張りつめて痙攣《けいれん》している昂《たかぶ》りを布越しにごりっと押され、鋭い愉悦が腰に突き刺さる。

「──ああっ。わ、わかっ、た」

足先をぎゅっと丸め、高まる射精欲を懸命に堪えながら、「わかった、からっ」と繰り返すと、下肢《かし》から圧迫感が消えた。

ほっとした直後、いっそ感心するほどの早業《はやわざ》でベルトを外され、スラックスを引き抜かれた。

「あ……っ」

肌を擦られる感触に腰が揺れ、自然と脚が開いた。

「とてもそそられるお姿です」

百合永の視線がしどけなく開いた脚のあいだへ──下着の布地が卑猥な形に盛り上がっているそこへ絡みつく。いつのまにかできていた淫液《いんえき》の染みを舐めるように見やり、百合永は「濡れてますね」と笑った。

「ペットと飼い主は似ると言いますが、あの巨大うさぎの粗相癖《ぐせ》は瑞紀様のお漏らし好きに似たのでしょうか?」

いかがわしい物言いで、下着の中が淫液まみれになっていることに気づかされ、顔が深い朱に染まる。

「――そんなわけ、あるか。どっちも、あんたのせいだぞ」

羞恥心《しゅうちしん》を煽り立てる雄の視線から逃れようと腰をよじろうとした寸前、下着を摑まれた。下ろされる際、腫れ上がった穂先がウエストに引っかかったが、百合永はそのまま力任せに下着を剝いだ。

「あっ」

巻きこまれていたウエストの下から、ペニスがぶりんっと弾き出されて、大きくしなった。ぶるんぶるんと揺れ回る振動が官能を直接刺激して、幹の反り返りをきつくした。

「あ、あ……」

下腹部が熱く引き絞られる感覚に思わず浮かせた腰の上へ、百合永がその顔を重ねて、埋めた。ぬるりと濡れたものに、極まりかけていたペニスが包みこまれる。

「――っ」

咥《くわ》えられている。唇で幹を扱かれ、裏筋をぬめぬめと舐められている。

生まれて初めて施されるフェラチオがもたらす快感に狼狽《うろた》えたとき、百合永の手が濡れた脚のあいだへもぐりこんできた。指が奥へ這《は》い、窄まりの襞に触れた。

「ん……っ」

襞の表面に、たくさんの突起を感じた。あの卑猥なオモチャを装着した指だとわかり、咄嗟に収縮させた肉環を突かれた。篠森の漏らした淫液を纏った指は、うねる柔襞《やわひだ》を難なく侵す。

「あぁっ」

浅い部分でぬっぬっと指を出し入れされる。昨日の情交の名残をまだ留めている粘膜を、ぬりんっずりんっと突起で擦られ、篠森はひとたまりもなく陥落した。

「——あああぁ！」

びくびくと跳ねるペニスの穂先を、強く吸引される。

射精の速度を上回る強引さで精を吸い出されながら、粘膜の収斂《しゅうれん》などお構いなしに後孔《こうこう》を小刻みに突き穿《うが》たれ、篠森は腰を振り立ててのたうった。

「あぁあ……っ、あーっ！　や……、やめ……っ。そんな、一度に……っ」

内腿《うちもも》で百合永の頭を挟みこんで訴えても、愛撫はますます激しくなるばかりだった。

硬く尖らせた舌先で秘唇を掘りこむようにして精を吸い上げられ、肉筒を遠慮なしにぬぽぬぽとえぐられる。

「あ、あ、ぁ……っ！」

セックスを昨日知ったばかりの身体と心には、どうすればいいのかわからないほど大きな愉悦の波が、次から次へと襲ってくる。

「ひ……、く……ぅっ」

じゅじゅうっとペニスを啜《すす》られる音と、後孔がほぐされてゆくぐちぐちと粘りつく響き。濫《みだ》りがわしい水音を聞きながら、篠森は空《くう》を蹴り、シーツに爪を立てて悶絶した。

雄の動きがようやくとまったのは、精路の残滓《ざんし》をすべて吸い尽くされてからだった。

「昨日よりも、やわらかくなってますね、ここ」

顔を上げた百合永が、後孔から指を引く。

指サックが抜け出る瞬間、肉環の襞がめくれた。内側の濡れた粘膜が外気に触れ、篠森は腰を震わせた。

「ん……っ。あ、あんたが……、触るから、だろ……」

そうですね、と双眸を細めた百合永が、自身の怒張を根元からゆっくりと擦り上げた。

切っ先からぶしゅっと噴出した先走りが、シーツの上にぼたぼたと落ちる。粘度が強いことがはっきりとわかる音が、鼓膜に重く沁みこむ。

「さて、瑞紀様。今晩の謝罪をいただけますか?」

「……え?」

何を求められているのか判然とせず、またたいた篠森を、百合永が抱き起こす。

「今日は、瑞紀様がご自分で挿《い》れてください」

言って、仰向けになった百合永の腕に促され、その腰を跨ぐ格好になる。脚が左右に開いたせいで、散々ほぐされた肉環もくちゅぅっと小さく口を開ける。

「さあ、瑞紀様」

百合永が、幹に太い血管を何本も浮き立たせ、びくびくと脈動している剛直の根元を持ち、篠森の孔に切っ先を向けた。それだけで、雄の息吹を感じてしまい、肉環のふちがひくついた。

「……っ」

つい昨日まで、たまの自慰《じい》で満足できていたはずの身体が不満を——もっと深い快楽が欲しいと訴えている。

自分の意志では制御できない、己の身体の急激な変化に戸惑った篠森を、百合永が「瑞紀様」と呼ぶ。その甘い声に操られるように腰が落ちた。

窄まりの表面と熱塊《ねっかい》の先端が触れた瞬間、肉環がぐぐっと引き伸ばされた。

「ああっ」

傘が凶悪に張り出した亀頭が、ぐぼっとめり込んでくる。百合永の一番太い部分に下から突き刺され、その圧力で襞が内側から弾かれたかのようにぐにゅりとめくれた。

「ひうぅっ」

挿入の衝撃に一瞬眼前が霞《かす》み、内腿から力が抜けると同時に、自重で百合永を一気に根元まで呑みこんでしまった。

「――あっ！」

冗談のように長大で、太々とした肉の剣が隘路を容赦《ようしゃ》なく掻き分け、突き刺さる。

奥がずぼっとえぐられ、臀部が百合永の硬い下腹部にびたんっと激しくぶつかって、陰嚢ごとペニスが空に跳ね上がった。

「あ、あ、ぁ……」

幾重にも重なって響く振動が肉筒の奥へ吸収されて凄まじい快感を生み、目眩がした。

「瑞紀様」

両手を握られる。篠森の指に百合永の指が絡まって、傾《かし》ぎかけていた身体がしっかりと支えられる。奥深くまで侵されている体内が、燃えるように熱い。

苦痛とは違う。けれど、どうしようもなく胸が締めつけられる。

「どう、して……、あんたは、こんなに……でかい、んだ……っ」

「瑞紀様に悦《よろこ》んでいただくためです」

答えた獣が腰を荒々しく突き上げ、獰猛な律動を始めた。百合永の部屋のものとは違う、高級さとはほど遠いシングルベッドがぎしぎしと軋《きし》んで、揺れる。

「あっ、あっ、あっ」

速い抜き差しの摩擦熱が全身をざわめかせ、射精したばかりのペニスも再び芽吹く。

ネクタイを締めたワイシャツの裾から突き出たペニスが、百合永の抽挿に合わせて右へ左へとぶるぶる跳ねる。網膜に焼きつくその光景が恥ずかしい。けれども、おかしくなりそうなくらい気持ちいい。篠森は百合永と掌をきつく合わせた。大きく揺さぶられながら、いつしか自分から腰を振っていた。

翌朝、スマートフォンのアラームでいつもの時間に目覚めたとき、ベッドに百合永の姿はなかった。

頬に落ちかかる髪を搔き上げ、ベッドを下りる。昨夜、脱ぎ散らかした服は、ハンガーポールに掛けられていた。篠森はクローゼットから引っ張り出したハーフパンツを穿いて、リビングへ行った。そこにも百合永はおらず、ソファ裏の桶に顔を突っこんで牧草を食んでいた玲於奈が跳ねて寄ってきた。

「ぶっ。ぶぶっ」

篠森の脚につかまり立ちをした玲於奈が、顎をこすりつけてくる。一晩経って、機嫌が直ったようだ。もっふりした身体を抱き上げて、篠森はテーブルの上に置かれていたメモに気づく。

——所用ができたため、失礼いたします。素晴らしい一夜でした。お礼の朝食が冷蔵庫にありますので、温めてお召し上がりください。追伸。野菜室のブロッコリーを使いました。

玲於奈をソファに下ろし、冷蔵庫を開ける。昨夜、庭に出しっぱなしにしていた缶ビールが入っていた。それから、つまみのカニ缶とウズラの卵を使って作ったらしいグラタンも。

その中で存在を主張してごろごろしているブロッコリーは、玲於奈の副食用だった。

「ストーカーは、去るときも無音かよ」

この古いマンションの壁には防音性など大してないが、百合永が料理をして、帰ったことにまったく気づかず、篠森は苦笑した。

シャワーを浴びてスーツに着替え、玲於奈の食事の準備をした。今朝はもうひと株残っていたブロッコリーを与えることにして、葉と茎を刻んで食事皿に入れる。

ブロッコリーを頬張る玲於奈と一緒に、レンジで温めたグラタンを食べた。二度寝ても、篠森にとって百合永という男は謎《なぞ》な存在だ。父親の犬で、キャリアの公安で、変態指サックマンだということしか知らないけれど、データがひとつ加わった。

――料理が上手《うま》い、と。

「ドミニク・リー？　ああ、逃走中の香港人《ホンコンじん》留学生か？」

『そうです！　そのリーが鎌倉《かまくら》にいるって、さっきタレコミがあったんです！』

十月下旬の土曜日。当直明けで非番だったその日の昼下がり、庭で玲於奈のトンネルハウスを組み立てていると、残務処理のために出勤していた桃園が勢いこんで電話をかけてきた。

『ですが、片言の日本語で「リーが鎌倉にいる」とだけ言って電話を切ってしまって』

「鎌倉にいる、だけじゃ、さすがに捜しようがないな」

苦笑しながら、篠森は太陽が白く揺らめいている青空を見上げた。

十月もなかばを過ぎ、ようやく秋めいてきたと思ったが、今日はまた夏に逆戻りしたような天候だ。額から伝い落ちる汗を、首に掛けたタオルで拭う。

『でも、外国人の金持ちバカボンが行きそうな場所なら、あるていど絞れますから。そんなわけで、これから鎌倉に行きたいんですが、かまわないでしょうか？』

四ヵ月前、篠森の率いる国際犯第三係は、香港人の留学生グループの内輪揉めが集団リンチに発展し、十九歳の少年が全治二ヵ月の怪我を負った傷害事件を捜査した。

その主犯が、ドミニク・リーだ。リーは香港の大富豪の息子で、現地でもやはり暴行事件を起こし、父親の計らいでほとぼりが冷めるまで、日本へ留学することにしたという。そんな背景を持つリーには、日本にも強力なコネクションがあるのだろう。ほかのメンバーは逮捕したものの、リーには逃走されてしまった。

そして、現在も足取りが摑めていないその事件は、桃園が刑事になって最初に担当した事件だ。だから、思い入れも人一倍強いし、ようやく入ってきた情報の真偽をどうしても確かめたいのだろう。

「信憑性がない情報だし、行くなら自腹になるぞ。それでも、いいのか？」

『もちろんです』

躊躇なく返された声は、刑事としての使命感がはっきりと宿るものだった。経費が出せない捜査なので誰かをサポートにつけることはできないが、桃園は手柄を立てることに固執して無茶をするようなタイプではない。ひとりで鎌倉へ出しても、失態を犯したりはしないだろう。

「なら、課長には俺から話をしておく。神奈川県警の迷惑にならないように動けよ」

『はい。ありがとうございます、係長！』

桃園との通話を切り、松中に電話を掛ける。渋る松中を、何かあれば自分が責任を取ると説得し、神奈川県警への根回しを頼んだとき、サンルームに四階の部屋に住んでいる浜岡家の双子姉妹が出てきて「おおやさーん」と呼ばれた。

「みて！　れおなちゃん、かけた！」

姉の美空《みく》がスケッチブックを掲げると、妹の美咲《みさき》も「あたしも！」と隣で同じポーズを取る。

『篠森。お前、公園にでもいるのか？』

「いえ。家ですが」

『……今、幼女の声が聞こえたが、テレビか？』

「いえ。現実にふたりいます」

『……親戚か？』

異母妹の千郷が跡継ぎに決まる前、二宮家に戻ってこいとしつこかったストーカー・百合永が警察庁警備局外事情報部外事課の課長補佐という肩書きをかざして署に現れて以来、松中はやけに篠森の私生活を——女の問題を気にするようになった。

そのあらぬ疑いを払拭《ふっしょく》しようと、二年前に新宿北署に赴任して以来、事件関係者以外の女とは接触していないと、うっかり馬鹿正直に告げた悪影響だろう。松中の頭の中で幼女趣味疑惑が生じたらしいことが問う声からありありと伝わってくる。

「違います。店子《たなこ》の子供が、俺の飼ってるうさぎを見に来てるんです」

『そうか。店子の子供か』

あからさまにほっとした様子に苦笑を漏らし、篠森はふと、そう言えば百合永はどうしているのだろうと思った。

男の娘イメクラだったという「マハラジャ・ナイト」の関係者の捜索を頼んだ山下からは、意外にも律儀な数日おきの報告がある。「マハラジャ・ナイト」に勤めていた知り合いの知り合いという男とは連絡が取れないが、ほかにも心当たりがあるそうなので、現在はそちらからの情報待ちの状態だ。

だが、百合永の姿はもうずっと見ていない。あの朝のメモに書かれていた「所用」のせいなのか、あるいは自分への興味がなくなったからなのかは、篠森には知るよしもないが、とにかくひと月近く、何の音沙汰もない。

だからと言って困ることは何もない。なのに、最近は気がつくと、百合永のことが頭の中をちらつく。決して、会いたいわけではないが、まだ支払い終わっていない情報料のことが気になるのだ。百合永は、警察官としても私人としても、自分とは住む世界が違う人間だ。関わり合いは持ちたくないけれど、借りを返さないままうやむやにするのは何だか落ち着かない。

「ねー、おーやさん。はやく、みて」

「はーやーくー」

美空と美咲にせがまれ、篠森は松中に挨拶をして電話を切り、タンクトップの首もとの汗を拭きながらサンルームへ向かった。浜岡家の双子姉妹は同時にスケッチブックを差し出し、「どっちがじょうず?」と声を揃えて問う。

うさぎは薄明薄暮性《はくめいはくぼせい》の生き物だ。個体差もあるし、気まぐれな玲於奈の場合は日によって昼間の行動はまちまちだけれど、少し前に美空と美咲が「れおなちゃん、みせて」とスケッチブックを抱えてやって来たときは、ソファの下にもぐりこんで熟睡していた。

だから、白い紙に描かれているのは、ソファからはみ出ている玲於奈の尻とだらしなく開いている後ろ肢《あし》だった。美空の描いた尻は長方形っぽく、美咲の描いた尻はやや楕円形《だえんけい》。むちむち感はどちらもよく出せていて、甲乙《こうおつ》つけがたい。

四角い尻を選ぶか丸い尻を選ぶか少し迷い、篠森は「どっちも上手だ」と答えた。

六歳の双子姉妹は顔を見合わせ、満足そうに「ふふっ」と笑い、部屋の中へ戻って、また玲於奈の新しい絵を描きはじめた。楽しそうに、だが玲於奈を起こさないように静かにはしゃぐふたりの姿を見やり、篠森は幸せそうな子供たちだと思った。

母親の浜岡は、キャバクラ嬢のシングルマザーだ。世間では色々と偏見の目で見られることも多いだろうが、浜岡は懸命に働いて、全力で子供たちを愛している。だから、美空と美咲は、この世界は愛で溢れていると信じている顔で無邪気に笑う。

六歳のとき、自分はあんなふうには笑っていなかった。そのときには、母親はイギリス人と再婚し、篠森を実家に置いて、ロンドンへ移り住んでしまっていたから。そのことで、自分は父親にとっても、母親にとってもいらない子供だったのだと思い知ったから。

せめて、母親だけでも自分を愛してくれていたなら、この目に映る世界は変わっていただろうか。誰かと愛し合って、家族を持ちたいと思う人生を歩んでいただろうか。

そんな想像をぼんやりと巡《めぐ》らせ、けれどすぐに何だか惨《みじ》めな気分になってやめた。首を流れ落ちる汗をタオルで拭い、篠森はトンネルハウスの組み立てを再開した。

一時間ほどで完成したトンネルハウスをリビングへ運びこむと、双子姉妹が「すごーい」と静かにぱちぱちと手を叩いてくれた。

「きょうからこれが、れおなちゃんのおうち?」

人間がよかれと思って用意したものを、当の動物が気に入ってくれるとは限らない。ただのオブジェと化しても文句は言えないが、できることなら愛用してほしいと願いつつ、「そうだ」と頷こうとしたとき、インターフォンが鳴った。

「ママのお迎えじゃないか？」

双子の母親の浜岡は、日頃から仲のいい白石の妻に朝から料理を教わっている。双子も最初は管理人室にいたが、今日は篠森が部屋にいると知り、玲於奈を見にきた。料理が終われば迎えに来ると言っていたので、インターフォンを押したのはきっと浜岡だろう。

「ママかも！」

走っていく双子姉妹の後ろ姿を見送って、篠森は冷蔵庫を開けた。ミネラルウォーターのペットボトルを取り出し、キャップを外すと同時に、玄関から悲鳴が上がった。

「きゃー、おうじさまー！」

「きゃー、おうじさまー！」

甲高《かんだか》く響いた二重奏にぎょっとして、リビングを飛び出る。そして、玄関に立っているスーツ姿の男を見て、篠森はさらに驚いた。

「……百合永さん」

「瑞紀様。お迎えに上がりました」

恭しく腰を折って告げた百合永に、双子姉妹が「どこへ？」と興味津々《しんしん》に訊く。

「おしろ?」

「ぶどーかい?」

舞踏会、と言いたかったのだろう可愛らしい間違いに、百合永が双眸を細める。

「ええ、そうですよ。お嬢さん方。今晩、お城で舞踏会があるので、大家さんをお迎えにきたんです」

「あたしも、ぶどーかい、いきたい!」

「あたしも」

双子姉妹は手を上げてぴょんぴょんと跳ねる。

「残念ながら、今晩の舞踏会は大人しか参加できないのです」

微笑んで告げた百合永の背後から、浜岡が「すみませーん」と現れる。

「今、うちの子たちが何か叫んで——」

百合永と目を合わせた浜岡が「ひゃっ」と後退《あとずさ》る。

「ママ、おうじさま! おおやさんをおむかえにきたんだよ」

「おしろでぶどーかいだって!」

美空が百合永を、美咲が篠森を指さして言うと、浜岡がそのあいだで視線を行き来させながら「え? え?」と繰り返す。

「王子様で、お城で舞踏会って……、大家さん、シンデレラ?」

「いえ、違います」

ここで動揺すると変に勘ぐられそうな気がして、篠森は以前にも使った言い訳を真顔でした。

「この人、八王子から来た不動産屋なので」

「あ、何だー。例の不動産屋さん？　えっと、じゃあ、ついでにうちの子たち、もう連れて帰っちゃったほうがいいですよね」

誰もが目を奪われる美貌の持ち主で、スーツ姿がいくら優雅でも、百合永は外国人には見えない。だからなのか、浜岡は篠森の言葉を疑うことなく、これから商談でもすると思ったらしい。「お邪魔しました」と頭を下げると、同じように「おおやさん、おじゃましましたー」とぺこんとお辞儀をした双子の手を引いて出ていった。

「何ですか、不動産屋って」

浜岡一家が去ったあと、百合永が不思議そうに首を傾げた。

「百合永さんが最初にここへ来た日、応対したのは双子だったろ？　あのふたりはまだ六歳だから、あんたの名前をちゃんと覚えられなくて、ユーリって王子が俺を迎えに来た、って母親や管理人に伝えたんだ」

それは、それは、と百合永はおかしそうに笑う。

「あとで当然、管理人や双子の母親に何者だって訊かれたけど、説明のしようがなかったからな。八王子の不動産屋ってことにしといた」

「なるほど。『ユーリ王子』から『八王子の不動産屋』は、ちょっと苦しい気もしますが、渋谷のセンター街をうろついていそうな、やさぐれシンデレラよりはまだマシですしね」

汗で肌に張りついたタンクトップに古いジーンズ、首からタオルという土曜大工の格好を眺めやり、百合永は片眉を上げた。

「瑞紀様の休日スタイル、想像以上に素晴らしく、感銘《かんめい》を受けました」

やわらかな声音で紡がれた皮肉に、篠森は「そうかよ」と鼻を鳴らす。

「で、今日は何の用だよ?」

「タンクトップのシンデレラに、舞踏会への招待状をお持ちいたしました」

「……俺のわかる日本語で喋ってくれ」

「千郷様よりお預かりした、楓葉会への招待状をお届けにまいりました。瑞紀様からの贈り物の風呂敷を大変喜ばれ、そのお礼にと」

「へえ。千郷からの招待状ってことは、結局、千郷が女主人《ホステス》役を務めるのか?」

「ええ。旦那様はもう随分お元気になられていますが、やはり大事を取られて、今月いっぱいは伊豆の別荘で静養されますので」

「ふうん。で、いつだ？　そのどんちゃん騒ぎ」

贈り物を喜んでもらえたことは嬉しい。だが、ほんのひと月前、篠森は二宮家の次期当主の座を、千郷と争う立場だった。篠森のあずかり知らぬところで勝手におこなわれていた争いだったとは言え、自分が姿を現すことでよけいな火種を蒔《ま》いてしまうかもしれない。

そんなことは避けたいし、何より、日本経済を動かす大財閥のパーティーなど、今の自分には場違いもいいところだ。今晩、お城で舞踏会が云々《うんぬん》は双子姉妹に話を合わせただけだろうし、先に開催日を聞いて、勤務があってもなくても「その日は仕事だ」と断ろうと思った。

なのに、百合永は「今晩です」と言った。

「……何？」

「本日、十八時からでございます。ちょうど瑞紀様の非番の日で、ようございました」

開始まであと約三時間というときにいきなりここへ来たのだから、今日は非番だと予《あらかじ》め調べていたに違いない。事前の準備が必要な話を突然持ってくるな、とストーカー官僚に文句を投げつけかけた寸前、篠森はいい断り方を思いついた。

楓葉会のドレスコードは確かブラックタイ。だが、篠森はタキシードなど持っていない。

「よくない。無理だ。行けない」

「なぜでございましょう？」

「舞踏会に着ていくドレスがないからだ」

「ご安心を、シンデレラ」

篠森の首から汗を吸いこんだタオルを外し、百合永が微笑んだ。

「私が魔法の杖で、誰にも負けないドレスとガラスの靴を出して差し上げます」

情を交わすつど、身体と一緒に心も変わっていくのだろうか。

百合永を単に父親の犬としか思っていなかったときにはそんなことは絶対になかったのに、自分を見つめる甘い眼差しに思考が搦め捕られ、溶解してしまった。

まるで、魔法ならぬ催眠術でも掛けられたかのように。

だから、「さあ」と流麗な仕種で手を差し伸べてきた百合永が、本当に王子に見えて胸が高鳴った。そして、篠森は百合永の手に、自分の掌を重ねた。


『ドミニク・リーは二日前まで確かに、鎌倉にいたようです』

指名手配をされての逃走中にホテルに宿泊はしないだろうから、リーが匿《かくま》われているのは同じ香港人の富豪の別荘ではないか――。そう踏んだ桃園は、地元の不動産屋で香港人が所有する別荘を調べたという。数は多くなく、二軒目が当たりだったらしい。

そんな報告の電話を受けたのは、どこかの大劇場の楽屋のような雰囲気が漂う広い衣装部屋の中だった。

二宮家では客の滞在中に急なパーティーを開くことになったときなどのために、様々なサイズのフォーマル・ウェアを豊富に揃えているという。その中から、いかにもなモード顔をしたスタイリストが選んだタキシードを、使用人三人がかりで着せられながら、篠森は桃園の報告を聞いた。

『由比ヶ浜《ゆいがはま》に面した全十邸の高級マンションの一室だったんですが、リーはほかの住民とトラブってたようです。毎晩大勢で騒いだり、ベランダで花火をしたりと行動があまりに非常識なので、ドラッグパーティーでもしてるんじゃないかって通報があったらしくて』

その通報がされたのが、二日前の夜。近所の交番から駆けつけた二名の巡査に対応したのは家主の男で、殊勝《しゅしょう》に反省の態度を示したため、巡査たちはドミニク・リーの存在に気づくことなく、注意だけをして帰って行ったという。だが、警察に目をつけられたことに慌てたのか、その夜のうちに家主の男もリーも姿をくらましたらしい。

『ですが、リーが次に現れそうな場所の情報が得られました』

「次に現れそうな場所？」

『はい。隣の部屋の住民が、マンションの自治会に迷惑行為の証拠として提出するため、リーたちがベランダで花火をしていたときの様子をスマホで録画していたんです。大声で喋っていたので声もかなりはっきり入っていて、それを梅本さんにさっき聞いてもらったんです』

リーは明日、赤坂のホテルで開かれる東欧・ヴォルシュ共和国の大使夫人の誕生日パーティーに招待されており、出席するのをとても楽しみにしているようだ。大使夫人は元女優で、その友人である、ヴォルシュ出身の有名なハリウッド女優が来るかららしい。

旧ソ連から独立したヴォルシュは元々は貧しい小国だったが、現大統領が事実上の独裁政権を樹立したこの十年で目覚ましい経済発展を遂げた一方、何かと黒い噂が絶えない国だ。

梅本が調べたところによると、リー一族の経営する会社がヴォルシュに膨大な額の投資をしており、両者は強く結びついているらしい。ドミニク・リーが指名手配されていることなど、ヴォルシュの大使は特に何とも思っていないようだ。

『だからって、いくら何でも、そんな人目のある場所へのこのこ現れないだろうって梅本さんは言うんですが、俺はリーは来ると思うんです。だって、潜伏中のマンションのベランダで花火大会をして、警察を呼ばれるような馬鹿ですよ？　リーは、父親の権力と金が何でも解決してくれると考えてる、世の中を舐めきった大馬鹿ですから、必ず来ます』

憤慨《ふんがい》の情をあらわにして、桃園は語気を強める。

『外国人のドラ息子に、ここは日本で、好き勝手は許されないんだってことを、叩きつけてやりたいんです。明日、ホテルに張り込ませてください』

場所と日時がわかっていることなので、張り込む価値はある。自分を含めた全係員を投入することに決め、篠森は電話を切った。

「瑞紀様。お電話が終わられましたら、こちらへ」

スタイリストに鏡台の前の椅子に促されて、座る。

髪のセットが終わった頃、部屋の扉がノックされた。自分の手で魔法の杖を揮《ふる》うようなことを言っていたくせに、二宮家に到着するなり、篠森をスタイリストたちに預けてどこかへ消えた百合永かと思った。

「入れよ」

べつに、決して、百合永にそばにいてほしいわけではないが、初めて会う者たちに囲まれて落ち着かなかった篠森はいくぶん乱雑に声を投げた。

扉が開く。その向こうから現れたのは、百合永ではなく、青いイブニングドレスを纏《まと》った千郷だった。

「ちょっと外してくれるかしら」

千郷が言うと、スタイリストたちは一礼をして、静かに部屋を出て行った。

「千郷……」

血を分けた異母妹とは言え、こんな間近で接するのは子供のとき以来だ。千郷に招待されたのだから、言葉を交わす心づもりではいたものの、こんなところでそうなるとは予想しておらず、篠森は柄にもなくあたふたと椅子から立ち上がった。

「私はあなたをどう呼べばいいのかしら？　今更、お兄さんも変だし、篠森さんでいい？」

美しくて、強い眼差しで問われる。敵意はまったくない。けれども、今の二宮家に篠森の席はないことをはっきりと告げられたのがわかった。

少し驚いたものの、嫌な感じはしなかった。むしろ、曖昧さがないぶん、清々《すがすが》しさを覚えた。

「浅葱色の風呂敷、ありがとう」

「ああ……。今、弁護士をしてるって、百合永さんから聞いたから」

「篠森さん、私の好きな色、覚えてくれたの？」

両親の離婚後も篠森は時折、祖母に招かれて二宮家に出入りしていたが、会うのは離れだったので、基本的には父親の新しい家族とは接点がなかった。それでも、同じ敷地内なので、ばったり遭遇してしまうことはあった。千郷とそんな何度目かの対面をしたとき、何を話していいかわからず、篠森は好きな色を尋ねた。

空を見上げて「青」と答えた千郷の仕種が可愛らしく、ずっと記憶に残っている。

「ああ……」

頷いた篠森に、千郷はふわりと笑った。けれども、そのやわらかさはすぐに消えた。

「私、篠森さんに謝らなきゃならないことがあるの」

「え？」

「篠森さんのこと、私、嫌いじゃないわよ。嫌わなきゃならないような思い出なんて何もないし、倫成から、篠森さんは二宮に戻る気はさらさらないって聞いてるしね。私の座った跡継ぎの椅子を狙ってるんじゃないのなら、風呂敷のお礼も兼ねて、同じ司法に携《たずさ》わる者同士、これからは少しは兄妹らしくなってもいいんじゃないかと思って、招待したんだけど」

言って、千郷は細く息をつく。

「お前以外は、俺がここにいることを快く思っていないのか？」

有り体《あてい》に言うとね、と千郷が肩をすくめた。

「特にお母様が、般若《はんにゃ》みたいな顔になっちゃってて。今日は、私の跡取りとしてのお披露目《ひろめ》も兼ねてるから、こんなときに篠森さんがいたら、跡取りはやっぱり男がいいって言い出す連中がきっと出てくるから、ってカンカン」

「それは、至極当然のことだと思うぞ」

篠森は苦笑を漏らす。

「俺はもう帰るから、安心しろ。今日は千郷と話せただけで満足だ」

てっきり、二宮夫人の検閲を経て届いた招待状だと思っていたが、違ったらしい。

せっかく片づいた跡継ぎ問題にまた波風を立てるのは不本意だし、セレブの集まりに混じりたい気持ちもない。千郷のためにも、自分のためにも、さっさと消えるのが一番だ。

そう思い、タキシードを脱ごうとした篠森を、千郷が「駄目」と制す。

「私だって、お母様の懸念《けねん》はわかるわ。でも、篠森さんにはいてほしい。こんな状態だから、ゲストにも、篠森さんのことを知らない使用人たちにも今日は紹介はできないけど……、私の跡取りとしての初仕事を、篠森さんに見てほしいの」

そして、親戚や招待客たちが楓葉会初の女主人《ホステス》を迎え入れる瞬間をその目に焼きつけ、跡取りの座に座ったのはあなたではなく、私なのだと、胸に刻みこんでほしい。

そんな気概を言外に感じる強い声だった。

千郷の持つ、闘う王女のような眼差しを好ましく感じ、篠森は「わかった」と頷く。

「ありがとう、篠森さん」

微笑んだ千郷が、「じゃあ、篠森さんのことを知ってる誰か古い者を、エスコートにつけたほうがいいかしら？」と言葉を継ぐ。

「エスコート？」

「ええ。篠森さんが楓葉会に最後に出てたのって、二十年くらい前でしょ？　あの頃とは大分変わってるし、戸惑うんじゃないかしら。最初は、倫成をエスコートにつけるつもりでいたの。倫成は厳密にはうちの使用人じゃないから、楓葉会で何か役割を持ってるわけじゃないし、ちょうどいいと思って。でも、何か仕事の連絡が来たみたいで、雲隠れしちゃったの」

だから放置されていたのかと思いながら、篠森は「ひとりで大丈夫だ」と返した。

「そう？　じゃあ……、お母様が篠森さんに気づいても、まさかつまみ出したりはしないはずだけど、ぱっと見の印象は変えておいたほうがいいかも」

言いながら、千郷は壁に設置されている内線電話で、誰かを呼んだ。すぐに現れたのは、先ほどのスタイリストだった。

千郷の指示で、スタイリストは篠森の髪に少しきつめの癖をつけてゆるく結んだ。それから、「仕上げにこちらを」とスタイリストから渡された伊達眼鏡を装着した。

「いかがでございましょう、お嬢様」

「やだ、篠森さん、格好いい！　知的なホストみたい！」

どう受け取っていいか迷う評価だったが、とりあえず篠森は笑った。


二宮家の祖母が存命中だった小学生の頃に一、二度、出席しただけの楓葉会の記憶はおぼろげだ。ゲストは大半が日本人。男性はタキシードで、女性客はたいていが着物姿。中庭に設《しつら》えられた長く巨大なテーブルに皆で行儀よく座り、月を眺めながら食事をする。管弦楽団の生演奏つきで——。

そんなことをぼんやり覚えていたけれど、現在の楓葉会は確かに様子がまったく違った。外国人ゲストが目につくし、女性はほとんどが露出の多いドレス姿だ。そして、会場は一階の大ホール。食事は立食式に変わっており、ダンスタイムまであった。

ゲストたちの噂話によると、温暖化の影響なのか、十年ほど前から設置した照明器具に寄ってくる虫が多くなってしまい、食事場所を庭から邸内へ移したらしい。

巨大なシャンデリアから降る煌《きら》めき。あちらこちらに飾られた色鮮やかな花々。流れる音楽に、さざめく笑い声。右を向いても左を向いても、テレビで何度も見た顔が目に入る。

温暖化とグローバル化の影響を色濃く受けて、生まれ変わっていた楓葉会は、観察していると意外にもなかなか興味深かった。ワインや料理は文句なく美味《うま》い。隣り合った相手と時折交わす自己紹介で「二宮家の遠い親戚だ」と自分ではない振りをするのもおもしろかった。

最初のうちは、そんなふうにして、ひとりでも想像以上に楽しめたものの、好奇心が一通り満たされると手持ち無沙汰になった。二宮家の次期当主として静養中の父親の代役を堂々と務め、政財界の大物と物怖じせず肩を並べる千郷の勇姿もしっかり見たし、腹はもういっぱいだ。

知り合いのいないこの空間で何をすればいいのかわからなくなり、そろそろ帰りたいと篠森は思った。千郷に一言断りを入れたいが、千人近い人数で賑《にぎ》わうこの中から、見つけ出すのは難しそうだ。それに、運よく遭遇《そうぐう》できても、二宮夫人が近くにいると、声は掛けづらい。

誰か伝言を頼める者がいないか、辺りを見回していたとき、近くで弾けた陽気な笑い声にふと視線が吸い寄せられた。

六十前後のがっしりとした長身の男を中心にして、数人の輪ができている。隣に立つ若い男を「愚息です」と紹介しているその体格のいい男の顔を、篠森は知っていた。

穂高修一郎《ほだかしゅういちろう》。四十代から大臣職を歴任し、現在は総務大臣を務める与党の大物だ。若い頃に妻と死に別れて以来独身を貫き、「男手ひとつでひとり息子を育て上げた元祖イクメン」のイメージが広く定着しているためか、主婦層に絶大な人気があると聞く。

穂高家は相当の資産家らしいので、実際は使用人の手を借りたのだろうが、とにかく再婚もせずにひとり息子を育てた大臣と、自分の父親を比べてしまいそうになり、そそくさとその場を離れた直後、背後から腕を取られた。

「瑞紀様」

振り向くと、自分をここへ連れてきたくせに、無責任に放り出した男が立っていた。

スーツからタキシードに着替え、いつもとは違って髪を丁寧に撫でつけている。

帰る前に会えたら、文句のひとつでも言ってやろうと思っていたのに、感心するしかないほど様になっている百合永の姿を目にして最初に湧いた感情は安堵だった。

伝言を託せる相手が見つかったからだろうか。

「少々、雑事に追われておりまして、瑞紀様をおひとりにしてしまい、申し訳ありませんでした。お寂しかったでしょう?」

言葉にして訊かれると、何だかそんな気になってしまい、胸が変なふうにざわめいた。

「……あんた、もう酔ってるのか、百合永さん」

「いえ。まだ飲んでおりませんので。これから酔おうと思っております」

「存分に酔えよ。俺はもう帰るから、千郷に伝えておいてくれ」

「呼び出しですか?」

「いや。だが、食って、飲んで、千郷のスピーチも聞いたから、もうすることがない」

「では、この前の続きの月見酒はいかがですか?　あの夜は結局、飲めませんでしたし」

「理由を作ったのは、自分だろ」

「ええ。ですから、仕切り直しを、と思いまして」

どうしても嫌だと断りたい理由もなかったので、篠森は「一杯だけなら」と応じた。

シャンパンを載せたトレイを持って通りかかった給仕係を百合永が呼びとめ、繊細《せんさい》なグラスをふたつ取る。どうぞ、とそのひとつを渡された。

「瑞紀様、こちらへ」

百合永のあとをついて人波を抜け、テラスから庭へ出る。空を見上げると、浮かぶ月は糸のように細かった。

「眺めるほどの月か？ ほとんど線だぞ、あれ」

「ああいう儚《はかな》げな月のほうが趣《おもむき》深くて、私は好きです」

振り向いて、やわらかく笑んだ百合永は、奥庭のほうへ向かう。百合永の住む離れとはまったく逆方向なので、連れこまれる心配はなさそうだが、母屋から遠くなるにつれて足もとの闇が濃くなっていく。

どこへ行くのだろうと思っていると、着いた先は南庭の薔薇園だった。

「夜の花に囲まれて見る月は、ひときわ美しいと思いませんか？」

四阿《あずまや》の柱にもたれた百合永が、夜空にゆっくりと視線を投げる。

篠森も隣に立って、月を見た。ところどころに設置されたソーラーライトが放つ、オレンジの光に淡く照らされた薔薇の海。遠くの母屋からかすかに漂ってくる音楽。昼間よりもぐっと落ち着いた気温は、肌にちょうど心地いい。

　そうしたものを感じながら眺めやる月は、なぜだかもう、ただの線には思えなかった。けれど、それをどう表現していいか、篠森にはわからなかった。

「月なんて、いつどこで見ても、同じだろ」

　鼻を鳴らして、シャンパンを飲んだ篠森を見やり、百合永が「瑞紀様」と口を開く。

「はい、はい。風流を解さない野蛮人《やばんじん》で悪かったな」

「いえ、そこまでは申しませんが」

　笑って、百合永もシャンパンを飲む。

「それより、ずっと気になっておりましたが、そのお姿はどうされたのですか？　タンクトップのシンデレラに麗《うるわ》しいドレスを着せたつもりが、スタイリッシュ・ホストになられていて、驚きました」

「……誰がホストだよ」

　小さく息をついて事情を説明すると、「ああ、なるほど」と頷きが返された。

「今回の楓葉会は、千郷様が気負い立たれておりましたからね。二宮家の新しい時代の始まりに相応《ふさわ》しい招待客のリストを、私の父と相談しながらではありましたが、基本的にはおひとりで決めておられました。そんな千郷様を奥様は応援され、口出しは何もされていなかったのですが、さすがに瑞紀様の存在は看過できなかったのでしょう。奥様にとって、瑞紀様のお母様は、言ってみればライバルで、色々と思うところがおありですから」

「ライバル？　あのふたりの何がどう、ライバルなんだ？」

篠森の母親と父親のあいだには、未《いま》だかつて愛など存在していなかったのに、一体何についてのライバルなのだろう。

「恋愛初心者の瑞紀様には、お教えしても、おわかりにはならないのではないでしょうか」

何だか馬鹿にされた気がして、篠森は鼻筋に皺を寄せた。

「俺は恋愛初心者じゃない。恋愛しない主義なんだ」

「それはつまり、瑞紀様は今まで、セックスをしたことも、恋人を持ったこともないだけでなく、誰かを愛《いと》おしいと思ったこともない、ということですか？」

まさにその通りだけれど、笑う準備をしているような目を向けてくる男に、想像通りの答えを返してやるのは癪《しゃく》だった。

「いいや。俺は、玲於奈を自分の命よりも愛おしいと思ってる」

「熊もどきの巨大うさぎは枠外として、人間を好きになったことはないんですか？」

「……悪いかよ。俺の親はあんなだぞ？　恋愛不信にもなるってもんだろ」

篠森は伏し目がちにむくれた声を落とす。まるで、拗《す》ねた子供のように。

こんな幼稚な真似などしたことはなかったのに、どうしてだろうか。

百合永といると、調子が狂う。

「俺は……愛なんて信じない」

心の中を明かすつもりなんて、なかった。なのに、本音がぽろりとこぼれた。

「お可哀想《かわいそう》に、瑞紀様」

ふいに伸びてきた手に、伊達眼鏡《だてめがね》を奪われる。

「だから、こんなにもお美しいのに、ずっと無垢《むく》でいらしたんですね」

百合永は、篠森の眼鏡と一緒にグラスをベンチに置いた。

「私にとっては僥倖《ぎょうこう》でしたが、熊もどきのうさぎしか愛したことのない人生は、あまりに不憫《ふびん》です。私が瑞紀様に、愛の温《ぬく》もりを教えて差し上げましょう」

百合永の長い手が、身体に絡みつく。抱き寄せられ、密着した下肢に、硬いものを感じた。

「……おい。猥褻物《わいせつぶつ》が当たってるぞ」

「申し訳ありません。エロスの匂い立つタンクトップを思い出し、催してしまいました」

百合永の唇が首筋を這い、指が脚のあいだにもぐりこむ。

「んっ。や……、やめ……っ」

抗おうとしたが、持っていたシャンパングラスを気にしたせいで動きがもたつき、その隙にスラックスのファスナーを下ろされた。

「馬鹿っ。こんなところで、何……するんだ。誰かに――、んぅ……っ」

文句を紡ぐ唇を甘噛みされ、舐められながら、下着を下げられる。布地の奥からこぼれ出たペニスが、空に垂れる。

敏感な皮膚を外気に撫でられ、震えた拍子に、指先からシャンパングラスがすべり落ち、ひそやかな音を立てて割れた。散らばったガラスの破片が、そばにあったソーラーライトの光を乱反射して、万華鏡《まんげきょう》のように煌めく。

「ご安心を。我ら百合永の者は、このお屋敷のことを誰よりも熟知《じゅくち》しております。この時間、ここは無人です」

「だからって、外で、盛《さか》るな」

百合永の身体を押しやり、逃げようとしたが、急《せ》く気持ちについてこない脚が縺《もつ》れた。転びそうになり、咄嗟に目の前の柱に手を伸ばして縋った。

そのせいで、思いがけず、百合永に腰を突き出す格好になってしまった。まずい、と思うより先に、サスペンダーを外され、下着ごとスラックスを落とされる。

「百合永、さ……っ。俺は、こんなことをしに、来たんじゃ……」

背後で金属音と衣擦れの音がして、臀部の割れ目に硬くて熱いものを押し当てられた。

それはすでにねっとりと粘ついていて、割れ目をこすられるつど、ぐちゅっ、ぐちゅっと濫りがわしい水音がした。

「あ、あ……っ。酒を、一杯、飲む……、だけ、って、言った、のに……。また、騙した……のか?」

いいえ、とやわらかく答えた百合永が、双丘のはざまをぬるぬると行き来しながら、前へ手を回してきた。

「ですが、私も男ですから、あんな隙を見せられては、欲情せざるをえません」

耳もとで囁いた男が、篠森のペニスを握って持ち上げた。皮膚とは違う、つぶつぶした人工的な感触に視線を落とすと、百合永の手の先には、あの指サックが嵌まっていた。

「う、そ……、つくな。だったら、何で、そんなもの……、持って――あぁっ」

蜜口に、それが宛《あて》がわれる。弾力性のある小さな突起物を秘唇に埋めこまれたかと思うと、ふちをぐりっとめくられて、腰が跳ねた。

「瑞紀様の初めてをいただいた記念品なので、肌身離さず持っております。そう申し上げたでしょう?」

ぬるつく肉の棒と卑猥なオモチャをつけた指が、同時に動き出す。割れ目を灼かれて、孔をこりこりとほじられ、精路の内側を探られる。

「あ……っ、く、ぅ……っ」

腰の前と後ろで生じる快感が、肌を一気に火照らせた。先端を責められるペニスが、びくびくとくねって膨張していき、腰がはしたなく揺れる。

「あ、あ、あ……」

「瑞紀様。抱かれたくない相手なら、部屋に上げてはいけませんし、人気《ひとけ》のない場所でふたりきりになってもいけません。隙を見せるなどもってのほかですし、汗で乳首が透ける淫《みだ》らなタンクトップをお召しになってみせるなど、誘っているも同然の危険な行為ですよ」

「透けて、ないっ」

「私の警察官の目には、ちゃんと透けて見えました」

張りつめた屹立《きつりつ》の先端で、指を小刻みに動かしながら、百合永は笑う。ふちをめくられて、突起物をぐりっぐりっとねじこまれる秘裂は、またたく間に濡れていった。

「う……、ふっ。あ、ぁ……っ」

硬く凝《ここ》って、反り返ったペニスの先から欲情が、糸を引いて垂れて落ちていく。床のタイルに跳ねる振動が伝わってきて、たまらない気分になる。

「——そ、そんな警察官の目なんて、あるかっ。この、変態指サックマンがっ」

体内で籠もって重なる熱をどうにかしたくて、声を高くしたときだった。

後孔に圧力を感じた。襞の表面が、ぬるつく太い亀頭に、ぬちちっと押されている。

「あ……」

「瑞紀様。私は、瑞紀様を無理やり犯したいのではありません。本当にお嫌ならやめますので、仰ってください」

襞を濡れた切っ先でぐにゅうっとこすられ、反りをきつくした篠森のペニスが悦びにむせび泣くように欲のしずくをぼたぼたと撒き散らした。

何も知らなかった自分の身体をこんなふうに変えておいて――激しくうねり立っている欲情がもうとまらなくなっていることがわかっているくせに、卑怯な質問だと思った。

「私を、挿れてもかまいませんか、瑞紀様」

胸が内側から燃えているようで、熱くて、息苦しくて、たまらない。気がついたときには、篠森は「挿れ、ろ……」と吐息を震わせていた。

「仰《おお》せのままに」

感じる圧力が重くなる。もう十分に潤みを含まされていた肉環がにゅるっと勢いよくめくれて、亀頭が突きこまれる。

「あぁぁっ」

太く、凶悪に張り出した傘の部分をずっぽりと呑みこまされた衝撃に、しがみつく柱に爪を立てて、腰をわななかせた瞬間、体内で熱い粘液の噴出を感じた。

「――ひっ、あぁあ！」

ぶしゅうっと凄まじい激しさで噴き出たものに粘膜を強《したた》かに打たれ、篠森は自身も射精した。白濁を飛び散らせるペニスの根元を、指サックで荒々しく揉みこまれ、喉の奥から悲鳴が迸《ほとばし》った。百合永の指に押し出されるようにして、精液がびゅるびゅると大量に漏れ散った。

「あ、あ、あ……、はっ。あぁ……んっ」

中を熱く重く濡らされながらの絶頂に、あられもない嬌声がこぼれ落ちた。極まりの余韻に痙攣《けいれん》する柔壁を、逆巻く粘液にねろねろと舐められ続け、篠森は深い目眩を覚えた。

「だ、出せ、なんて……、言って、ない……っ」

「ですが、挿れるには、準備が必要ですので」

「だからって、出すな、馬鹿っ」

お許しを、と告げた男の唇が、うなじに触れる。そろりとした優しい口づけに、背が震えた。連動して、ぎゅうっと収縮した肉筒を、一気に貫かれた。

雄の精液をしとどに撒かれ、蕩《とろ》けていた肉の路《みち》が猛々しく掻き分けられ、信じられない奥深い場所をずんっと突き刺された。

「ひうぅぅっ」

眼前に火花が散った。柱にきつくしがみつき、卑猥に揺すった腰の片側を強く摑まれる。直後、猛々しい抽挿《ちゅうそう》が始まった。一度射精をしても少しも容積を変えない長大なペニスを後ろからずんずん突きこまれ、体内がかき混ぜられる。じゅぷっ、じゅぷっと粘りつく音と共に媚肉《びにく》が捏《こ》ね突かれ、繰り返される摩擦で白濁が泡立ってゆく。

「あっ、あっ。ん、ふ……っ、あっ、ん……」

極太の肉の楔《くさび》の出入りに合わせて、篠森のペニスは弾み躍った。その先端にぴたりと当てられた指サックの突起で孔《あな》をえぐられ、歓喜の渦が思考を乱す。

気持ちがいい。長いペニスがずるるっと引かれ、抜け出る寸前でまた戻ってきて、奥に受ける重い一撃の感覚が気持ちいい。指サックで性器をいじられ、ぷるぷるした突起で秘唇をこじ開けられる感触が気持ちいい。

気がつくと、篠森はもっと大きな快感をねだるように、白濁まみれの粘膜で、百合永をきゅうきゅうと締めつけていた。

「瑞紀様。お寂しいお気持ちが少しは晴れましたか？」

ふいに問われ、篠森はぽかんとまたたく。

「瑞紀様の悲しみを少しは溶かすことができたのなら、いいのですが」

愛なんて信じないと拗ねた言葉を口にしたから、百合永は自分を抱いたのだろうか。強引にでも快楽を与えることで、心に澱《おり》を抱える自分を今だけでも慰めようとして——。

「私の愛の温もりは、瑞紀様に伝わったでしょうか？」

肉筒の奥をじゅっぽじゅっぽと捏ね回し、百合永が尋ねてくる。

「……あんたが、変態指サックマンだってこと、しか……、伝わって、ない……」

太いペニスと、自分の粘膜のあいだで泡立った精液がぷちぷちと弾けるのを感じながら、篠森は首を振る。

「では、今度のお休みの日、デートをいたしましょう」

「……え？」

「次は、こんなふうな短いセックスではなく、一日をかけてじっくりと、愛についてお教えし

たいので」

言って、百合永は亀頭のくびれを指サックでくすぐった。

「あっ、は……」

「それは、イエスというお返事ですか？」

何と答えればいいのかわからず、篠森はただ吐息を震わせた。

事務用品ではない大人のオモチャを、本当に肌身離さず持っている百合永は、少し不気味だ。けれど、百合永の声を聞くと安心する。触れられると、気持ちがいいと思う。微笑まれると胸が苦しくなる。

この気持ちは何だろうと不思議な気持ちになって、首を巡らすと、キスをされた。

セックス。デートの誘い。甘いキス。何だか、自分たちは恋人同士みたいだ、とぼんやり思いながら、篠森は百合永と舌を絡め合った。


『来ましたよ。リーお目当ての、ナスティア・シャンタノヴァです』

イヤホンから、虎屋の声が流れてきた。会場の入り口へ視線をやると、赤いドレスを纏った美女が入ってくるのが見えた。気さくな人柄で幅広い層に人気があるというハリウッド女優のナスティアの周りにはすぐに人垣ができたが、その中にドミニク・リーの姿はない。

「各自、注意を怠《おこた》るな」

篠森が小声で発した指示に、会場内に散っている四人の部下たちが『了解』と返してきた直後、背後から『ねえ、ちょっと』と英語で呼びとめられた。

『白ワイン、あるかしら？』

はい、と笑顔で応じて、篠森は複数のワイングラスが載ったトレイを差し出す。白ワインの入ったグラスを選び取り、白人女性は去っていく。

華やかに着飾った人々のあいだを縫《ぬ》って歩きながら、篠森は周囲に視線を走らす。

ホテル側の協力を得て、篠森のチームは会場スタッフとして、ヴォルシュ共和国の大使夫人の誕生日パーティーに潜入していた。

欲を言えば、受付に立って、リーを待ち構えることができればベストだったけれど、招待客の確認は大使館職員がおこなっているので、入りこむ余地がなかった。

パーティーの出席者は約三百人。出席者のほとんどがコーカソイドで、モンゴロイドは少ない。典型的な東洋人の顔立ちをしたリーがその中にいれば目につくとは言え、五人でチェックするのはなかなか骨の折れる作業だったが、今回の張り込みには利点もあった。

大規模なパーティーなので、スタッフは皆、インカムで指示を受けて動いている。そのため、俗に「Pチャンイヤホン」と呼ばれる警察受令機を堂々と使えるのだ。

『こうして見ると、東欧が美人の宝庫だって改めて認識するな』

ビュッフェの給仕係に扮《ふん》している梅本が言うと、照明スタッフのアシスタントをしている高林が『ヴォルシュは特にそうですよ。「美女の国」なんて異名もありますしね』と返す。

『おい、モモ。美人に見惚《みと》れて、リーを見逃すなよ』

梅本の軽口に、桃園が『大丈夫です』と答える。

篠森と同じく、ワイングラスを載せたトレイを持って会場内を回っている桃園を見やると、客に気を配るふうを装って周囲を注意深く観察していた。

リーが現れる可能性は低いと考えている梅本たちは、会場の煌びやかな雰囲気に当てられて、どこか浮ついている。だが、桃園はまったく気を抜いていない。

刑事志望の大半の者がそうであるように、桃園も強行犯係への配属を希望していた。だが、刑事になるための捜査専科講習を修了した時期と、篠森が増員を願い出た時期とがたまたま重なった結果、留学経験のあった桃園が国際犯第三係へ回されてきた。

実家が英会話教室だったことから、門前の小僧的に日常会話の能力を習得したというが、桃園は英語には特に興味はなかったらしい。「留学」というのも、当時つき合っていた彼女とバカンス感覚で申し込んだ夏休みの短期留学プログラムだったそうだ。

だから、桃園は当初、自分に国際犯係は無理だと必死で訴えていたようだが、決定が覆《くつがえ》ることはなかった。不本意だっただろうが、配属後に桃園が不平不満をこぼすことはなかった。桃園は日々、国際犯係の刑事として必要な知識を吸収することに努めている。

置かれた場所でなすべきことを全力でなし、小さな可能性をおろそかにしない桃園は、きっといい刑事になる。そんな確信を抱いて会場内を回っていたときだった。

ふと、よく知る男の姿を捉えた。――ネイビーのダークスーツを纏った百合永だ。そばに白人の男がふたりいて、談笑している。

一瞬、またストーキングをされたのかとぎょっとして、だが、すぐに思い出す。百合永は以前、今月は大使館関係のパーティーにいくつか出ると言っていた。日本人出席者の大半が公務員のようなので、百合永も元々招待されていたのだろう。

篠森は、近くにあった大きなフラワーディスプレイの陰に入り、何かを話しながら、こちらへ歩いてくる三人の視界から身を隠した。

変態指サックマンで、デスクワークが中心の官僚でも、百合永も一応は警察官なのだから、自分のこの格好を見れば、捜査中だと瞬時に気づくはずだ。声を掛けてきたりはしないだろうけれど、篠森は身を潜《ひそ》ませずにはいられなかった。

結局、昨夜は返事をせずに別れたが、生まれて初めて自分をデートに誘ってくれた男と顔を合わせるのが、どうにも気恥ずかしかったのだ。

『二宮財閥のパーティーなら、さぞ豪勢だったんだろうね。カーターを招待するなら、僕も呼んでくれたらよかったのに』

ヴォルシュ人だろうか。スラブ訛《なま》りの英語を話す、みごとなプラチナブロンドの男が言うと、百合永の隣の赤毛の男が『君は、この前の狐狩りの仕返しで、招待客のリストから外されたのさ』と笑った。たぶん、カーターだろうその男の操る英語はアメリカ人のものだった。

『本当か？　酷《ひど》いな、ミッチ』

『冗談を真に受けるな。そんなわけないだろう』

淡々としていたその声同様、百合永の表情は冷ややかで、いつもと様子が違って見えた。

「倫成」の愛称だろう「ミッチ」と呼ばれなければ、よく似た別人だと思ったかもしれないほどに。

『だったら、次のパーティーは僕も招待してくれ』

『招待客は俺が決めるわけじゃない』

『じゃあ、君のご主人様に打診してくれ』

「君が来年も日本にいれば、伺《うかが》ってみることはする』

『ぜひ、そうしてくれ』

プラチナブロンドの男は大きく頷いたあと、『ああ、そうそう』と言葉を継いだ。

『君、今、ご執心の日本人がいるんだって？　カーターから聞いたが、その男と手に手を取ってパーティーを途中で抜け出したそうじゃないか』

『抜け出したのは事実だが、べつに執心はしてない』

『そうか？　ずいぶんメロメロに見えたが』

百合永の隣で、カーターが首を傾げる。

『ノルマを達成できない部下をスパスパ簡単に斬って捨てる冷血人間でも、あんな溶けかけの砂糖菓子みたいな目ができるのかと、俺は心底驚いたぞ』

『そんな目をしていたつもりはないが、彼は旦那様のご子息だ。部下と同じように接することはできない』

『嘘はよくないぞ、ミッチ。二宮の息子は、去年、事故で死んだはずだ』

『そちらは、現夫人が産まれたご子息だ。昨日、俺が一緒にいたのは、離婚された前夫人の血を引くご子息だ』

楓葉会に出席していたらしいカーターが、『本当か？』と訝《いぶか》しそうな声を上げた。

『前の夫人と言えば、千年だか二千年だか続いている元貴族階級の出だろう？　彼、顔は、まあ、悪くはなかったが、ノーブル感はゼロだったぞ。歌舞伎町にいそうなホストみたいで』

『それでも、旦那様のご子息だ。無下《むげ》にはできない』

『じゃあ、恋人じゃないのか、彼』

『あの方は、私にとっては旦那様のご子息だ。それ以上でも、以下でもない』

冷ややかな声に鼓膜を斬りつけられたような気がして、指先がひどく震えた。

セックスを何度もして、デートに誘われて、甘いキスをして、うっかりそんな気分になっていたが、自分たちはべつに恋人ではない。好みだとは言われたが、好きだと告げられたわけでも、交際を申しこまれたわけでもない。そもそも、篠森は百合永の電話番号もメールアドレスも知らない。最初は取引で、そのあとは憐《あわ》れみと二宮家への忠誠心の延長で、百合永は三十を超えた年齢に相応しい人並の性生活の手ほどきをしてくれていただけだったのだ。

それで何の不利益を被《こうむ》ったわけでもないので、腹を立てる理由などない。むしろ、馬鹿にするなと憤れたらよかったが、そんな気力も湧かないほど、篠森は傷ついていた。胸の中は、どうしようもない悲しさでいっぱいだった。

——気づいてしまったから。

百合永と一緒にいることで、頻繁に覚えていた奇妙な感覚の正体に。

「旦那様のご子息」へ示されていただけの優しさを勘違いして、いつの間にか百合永に恋してしまっていたのだと。

あれほど、愛など信じないと決めて生きてきたはずなのに、自分を「旦那様のご子息」としか見ない男に惑わされて恋をして、とことん愛に見放されていることを思い知るなんて——。

己の滑稽《こっけい》さに乾いた笑いを漏らしたとき、イヤホンから桃園の声が聞こえた。

「リーです、係長。リーが現れました」

お手をどうぞ、シンデレラ

「ご安心を、シンデレラ。私が魔法の杖《つえ》で、誰にも負けないドレスとガラスの靴を出して差し上げます」

首に掛けていたタオルを奪った百合永《ゆりなが》が「さあ」と手を差し伸べてくる。

その優美な仕種《しぐさ》はあまりに自然で、篠森《しのもり》は見えない糸に操られるかのように、ふらふらとその手を取った。すると、それを喜ぶように、重ねた手の甲に唇をそっと落とされた。

百合永の体温が沁みこんできた肌がじわりと火照《ほて》ったのを感じ、篠森は息を震わせた。

どうしてだろう。眼前でやわらかく微笑《ほほえ》む男は、この古いマンションの昼間でも薄暗い玄関で光り輝いているふうに見える。まるで童話の中の王子さながらだ。

「ところで。ひとつ、よろしいでしょうか？」

「……何、だよ？」

「瑞紀《みずき》様の休日スタイルは、いつもそのように破廉恥《はれんち》なのでしょうか？」

手を離した百合永に真顔で尋ねられ、夢見心地が一転し、篠森はぽかんとした。

——常に洗練されたスリーピース姿で、専属の運転手も持っている。そんな、生活水準がほとんど貴族の百合永には、タンクトップは下着同然に見えているのかもしれない。

そう思い、篠森は淡く苦笑した。

「まあ、大体似たようなものだが、さすがにタンクトップ一枚で外へ出たりはしないぞ。これは大工仕事用だ」

「マンションの修繕《しゅうぜん》でもされていたのですか？」

「いや、玲於奈《れおな》の家の組み立て」

言うと、「ああ……」と百合永が頷く。先月ここへ来たときに庭で目にしたトンネルハウスの材料の山を思い出した表情だ。

「まだ途中でしたら、お手伝いいたしましょうか？　少し時間にも余裕がありますし」

「気持ちだけもらっとく。ちょうど、さっき組み立て終わったばかりだから」

「では、拝見してもよろしいでしょうか？」

玲於奈のサイズで特注したトンネルハウスは細部まで作りがしっかりしているぶん、組み立て作業はなかなか骨が折れた。パーツが仕上がるたび、眠っている玲於奈を起こさないよう、庭から部屋の中へそっと運び入れるのも大変だった。

浜岡《はまおか》家の双子《ふたご》には「すごーい」と褒《ほ》めてもらったが、六歳の幼女では大工仕事の苦労はまだ理解できないだろう。それをわかってくれる相手に費やした労力の成果を自慢したくて、篠森はいそいそと百合永を廊下の奥へ案内した。

「これは、これは……。なかなか立派なうさぎのおうちでございますね」

リビングにでんと聳《そび》え立《た》つトンネルハウスを見やり、百合永が眉《まゆ》を上げた。

「だろう？」

胸を張ると、百合永はソファの下からはみ出ている玲於奈の尻を見やり、淡く笑った。

「肝心《かんじん》の巨大うさぎは留守の、空《あ》き家《や》のようですが」

「玲於奈が眠ったあとで、作りはじめたからな。起きたら、入る」

たぶん、と心の中でつけ加えたとき、首筋を伝い落ちてきた汗が鎖骨《さこつ》の窪《くぼ》みに溜まった。

汗を拭《ぬぐ》おうと指先を伸ばすより先に、ふいに頭の位置を下げた百合永にそれを舐《な》めとられたかと思うと、舌先で鎖骨をぬるりとなぞられた。

約ひと月ぶりの熱い舌の感触に、篠森は思わず「ひっ」と声を高く放った。

「——な、何するんだ、馬鹿っ」

「申しわけありません。瑞紀様が私以外の者を想って、このようにお体を濡らされているご様子を目《ま》の当たりにして、つい自制が効かなくなってしまいました」

百合永はきっと、情報料を回収し終えるまで、この身体は自分のものだと主張したいのだろうけれど、それにしても——。

「百合永さんの日本語って、どうしていつもそんなに変態臭《くさ》いんだよ?」

「自分では特に意識しておりませんが、さようでございますか?」

「さようだ、さよう」

嫌味のつもりで口まねをして、篠森はさり気なく横へ移動した。けれども、百合永はすぐに間合いを詰め、ぴたりと密着してくる。

「……近いぞ、おい」

「さようでございますか？」

とぼけたふうに、けれどもやけにつやめかしく笑んで、百合永は篠森のうなじを撫《な》で上《あ》げた。

そして、汗を含んだ髪の中へゆっくりと指を挿し入れてきた。

「中もずいぶん湿っておられますね」

髪を撫で梳《す》かれながら耳もとで囁かれ、背がぞわりと粟立《あわだ》つ。

「こ、こんな天気のいい日の、真っ昼間に土曜大工をしてたんだから、汗、かいて……当然だろっ。変な……、言い方、するな……っ」

「変、とは？」

耳朶《じだ》に唇を押し当て、百合永は問う。

声と一緒に吹きこまれた吐息が変に官能的で、肌のざわめきが大きくなる。

「……濡れてるとか、湿ってる、とかっ」

「それは変なことではなく、単なる事実でございます。現に、その破廉恥なタンクトップも濡れて色が変わり、乳首《ちくび》まで透けて見え、ますます破廉恥になっておりますよ」

言われて、篠森は胸もとへ視線をやる。汗を吸いこんだタンクトップは確かにところどころ色を変えていたけれど、乳首は透けてなどいない。ただ、濡れた布地がぺたりと肌に張りついているせいで、その形が浮き出ているだけだ。

「乳首が勃《た》っておられますね。布にこすれて、乳頭《にゅうとう》が痛いのでありませんか？　お脱ぎになったほうがよろしいかと存じます」

タンクトップの裾《すそ》に手を掛けられ、心臓が大きく跳ねる。

その弾《はず》みでさらに尖《とが》った乳首の頂が、濡れた布地を持ち上げる。

「……っ」

痛いほど速くなった鼓動《こどう》が、百合永の優雅なる変態臭《しゅう》のせいなのか、ひと月ぶりに感じる愛《あい》撫《ぶ》めいた指の動きのせいなのか、あるいはもっとべつのもののせいなのか、篠森にはわからなかった。けれど、とにかく息苦しい。

これ以上触れられていると、火照った肌が燃え爛《ただ》れてしまいそうだ。

百合永は単に取り立てが終わるまでのちょっとした戯《たわむ》れのつもりなのだけれど、こんな反応に困ることはやめてほしい。とは言え、それを口にするのは何だか情けない。

だから、篠森は「自分で、脱ぐ」と、タンクトップの裾を腹部まで捲《めく》り上《あ》げていた不埒《ふらち》な手を払いのけ、ほとんど飛びすさるようにして百合永から離れた。

その荒い足音に反応して、ソファの下で玲於奈がむっちりした尻をもぞもぞと動かす。

目を覚まして百合永に気づき、眠りを妨《さまた》げられた腹いせにおしっこを飛ばしたりしたらどうしようと焦《あせ》ったが、玲於奈はそのままソファの奥へともぐり込んで行った。

篠森はほっとして、「シャワー浴びてくる」とそそくさと廊下のほうへ向かう。

「玲於奈を絶対に起こすなよ」

そう釘《くぎ》を刺し、篠森は脱兎《だっと》の如《ごと》くリビングを飛び出した。

シャワーの温水ハンドルを限界までひねり、篠森は浴室の壁に手をついた。勢いよく噴き出すシャワーにしばらく打たれ、深く息をつく。

シャワーで汗は流されていったものの、温水のせいか、火照りは少しも鎮《しず》まらない。冷水に切り替えようとハンドルへ手を伸ばしかけたとき、背後から自分を呼ぶ声がした。

振り向くと、浴室のドアの樹脂《じゅし》パネルに百合永のシルエットがぼんやり映《うつ》っていた。何かを言っているようだが、よく聞こえない。篠森はシャワーをとめた。

「何だ?」

玲於奈が起きてしまったのだろうかと思ったが、百合永が口にしたのはべつのことだった。

「お背中をお流しいたしましょうか?」

「……いい。間に合ってる」

「そうおっしゃらずに。もう脱いでしまいましたので」

笑みを含んだ声で告げ、浴室に入ってきた百合永は自己申告通り全裸だった。右手の人差し指に装着している、見覚えのある大人のオモチャを除いては。

全裸の指サックマン。とても既視感のある姿だ。

「――いいって言っただろ」

以前、記念品として肌身離さず持っていると話してはいたが、本当に持ち歩いていたのかと驚けばいいのか、全裸の指サックマンのほうが汗で濡れたタンクトップより破廉恥だと笑い飛ばせばいいのか。あるいは、もはや特異なコスチュームと化している感すらあるその姿に呆《あき》れたらいいのか、芸術的な肉体美に見惚《みと》れたらいいのか――。

篠森は混乱しながら、すぐ後ろの壁に張りついた。

「お背中をお流しするのは、シンデレラをドレスアップする魔法使《ウィザード》いの務めです」

魔法使いを自称する全裸の指サックマンは微笑《ほほえ》んで、後ろ手にドアを閉めた。

「嘘をつけ！　全裸で風呂に乗りこんでくる魔法使いなんて、聞いたことないぞ」

「これは、瑞紀様のためだけの、特別ご奉仕コースですから」

「過剰《かじょう》なサービスの押し売りは断固拒否だ、変態ウィザードめっ」

「タンクトップのシンデレラは、まことにお口が悪うございますね。困ったものです」

困った感など微塵《みじん》もない口調で言って、百合永は石鹸《せっけん》を手に取り、擦《こす》り合《あ》わせる。

指サックの魔法なのか、単に百合永が器用なだけなのか、石鹸はみるみるうちにもこもこと泡立っていった。

「さて、失礼いたします」

石鹸を置いた百合永が手を伸ばしてくる。

もう背中は壁についているし、百合永との距離はほんの数センチで、逃げ場などない。どうしようもなく、ただずり上がるようにつま先立ちをした篠森の首を、百合永の両手がそっと包みこむ。きめの細かい泡を纏《まと》う掌《てのひら》は首から肩へ、そして胸へと落ちていった。

「あ……」

泡の中からつんと突き出た赤い乳首に、男の指先が引っかかる。左の肉粒《にくつぶ》を指サックの突起で、右の肉粒をやわらかい指の腹でくいっと押し潰《つぶ》され、腰が震えた。

「乳首、やはり充血して硬くなっておりますね」

百合永の指先が左右に揺れ、乳首も根元から右へ左へと転がされる。指サックの小さな突起でくりくりといじられる左の乳首がじんじんして、篠森は壁に爪《つめ》を立てた。

本気で拒《こば》めば、きっと百合永はおとなしくここから出ていくだろう。

けれども、まだ借りを返していないぶん、篠森は分が悪い。どうせ逃げられないのなら、このシンデレラごっこをさっさと終わらせてほしかった。

「……いちいち、言わなくて、いい」

諦《あきら》め交《ま》じりの息をついた篠森の胸からゆっくりとすべり落ちていった男の指先が、淡く茂る陰毛を搦《から》め捕《と》る。叢の中にもぐりこんだ指が、円を描くように動く。

細い縮《ちぢ》れ毛《け》がしゃりしゃりと擦れ合い、白い泡がむくむくと膨《ふく》らんでいった。

「は……、あっ」

「瑞紀様の下の毛はやわらかくて繊細《せんさい》でいらっしゃるので、泡立ちが大変クリーミーですね。この肌触りのよさには感動すら覚えてしまいます」

「……っ、だから、いちいち、言う、なっ」

「しかし、瑞紀様。そう仰《おっしゃ》られても、この甘美な感動を言葉で表現したくなるのが男というものでございます」

告げるなり、百合永は篠森の前に跪《ひざまず》き、指サックをした右手だけで陰毛を掻《か》き回《まわ》しはじめた。指先はぐるりと右に回ったり、左に回ったり。泡まみれの叢《くさむら》をくしゅくしゅと揉《も》みこんだり。時折、指サックの小さな突起が、和毛《にこげ》の根元の皮膚《ひふ》をぬりっと引っ掻く。

「あっ、あっ、あ、は……っ」

「ご覧になってください、瑞紀様。とてもきめの細かい、すばらしい泡が立っておりますよ」

陰毛で石鹸を泡立てたことなどない。

ぬるぬるしているのにふわふわして、つぶつぶもしている奇妙な感触に敏感な場所を包みこまれ、気がつくと内腿《うちもも》が小刻みに痙攣《けいれん》していた。火照った肌の下に溜まった熱が、下肢《かし》へと集まりつつあるのをはっきりと感じた。

「本当ならここで魔法の呪文を唱《とな》えて、ロマンチックな虹色のシャボン玉でも飛ばしたいところですが」

残念そうに言った百合永が大きく膨らんだ純白の泡の中で五本の指をいっせいに泳がせ、小刻みな開閉を繰り返す。ぬちぬちと水音が弾《はじ》け、小さなあぶくがそこから生まれた。

あっ、と篠森は息を詰めた。このままでは勃起《ぼっき》してしまう。けれども、それは嫌だ。陰毛を泡立てネット代わりにされて興奮するなど、恥ずかしすぎる。

篠森は咄嗟《とっさ》にシャワーの冷水ハンドルをひねった。シャワーヘッドから噴き出した水が、泡を一気に洗い流す。肌を打つ水の冷たさに疼《うず》きが凪《な》いでゆき、篠森は安堵《あんど》する。

「変態ウィザードごっこは、もう終わりだ。こんなことして、遊んでる場合じゃないだろ」

「ご心配なく」

微笑んで答え、百合永はシャワーをとめる。

「瑞紀様をすみずみまで綺麗にしてさしあげる時間は、ちゃんと残っております」

「もう汗は流した。これ以上、何を洗うんだよ？」

「まだ肝心《かんじん》なところを二箇所、洗い残しております」

二箇所ってどこだ、と問う暇《ひま》もなく、身体を反転させられる。あ、と思ったときには臀部《でんぶ》を摑まれて左右に割られ、秘所の窄《すぼ》まりをずぶりと貫かれた。

「ひぅっ」

肉環を強引にこじ開け、もぐり込んできたそれは指でもペニスでもなかった。ぬめぬめと泳ぐような動きで浅い部分の粘膜を擦るものが肉厚の舌だとわかった瞬間、熱い痺《しび》れが背を駆け抜けた。

「――や、やめっ。あ……っ、あっ、あっ、あ――っ！」

そういう行為があることは、もちろん知っていた。けれど、本来は性器ではないそこを舌で洗われるなどとは想像もしておらず、篠森は狼狽《うろた》えた。

信じがたい侵入者をそこから追いやろうとして、反射的に壁に手を突いて力んだ。だが、そのせいで突き出た腰に男の顔が密着し、舌を深く引き入れてしまう羽目になった。

「ああっ」

舌先が奥へぬるうっと伸びてくる。生まれて初めての未知の感触に驚いて痙攣する内壁をねっとりとねぶられ、吸われ、膝ががくがくと笑う。

「あ、あ、あ、あ、ぁ……」

肉筒の中で舌が蠢《うごめ》き、閃《ひらめ》くつど、経験したことのない疼きの波が立つ。せっかく鎮まったと思ったざわめきもまたうねりだし、垂れていたペニスがぐうぅっと膨張《ぼうちょう》を始める。

直後、角度を持ちかけていたペニスを握られ、先端の秘唇に指サックの突起を差しこまれ、その内側をぐりぐりとくじられた。

「――くひぃっ」

半勃《はんだ》ち状態だったペニスが、絡みつく百合永の指を押し返す勢いでぶりんっと反り返り、瞬時に硬く張りつめた。勃起の瞬間を他人の手の中で迎えたことに動揺するかのように、指サックにつぶされている秘唇がわななないて潤《うる》む。

「今日はたったひとりの妹君の晴れ舞台なのですから、可愛《かわい》らしい孔《あな》は両方ともきちんと洗って、清めておきましょう」

変態ウィザードが洗浄をもくろむもうひとつの孔の内側が、弾力のあるシリコンの瘤《こぶ》で掻き混ぜられる。やわらかい粘膜をこりこりと掘りこまれ、秘唇のふちを突起でぐりっと捲り上げられ、精路はたちまち決壊した。

「あっ、く、ぅ……っ」

どっと溢《あふ》れた淫液《いんえき》が幹を伝って陰嚢《いんのう》へ流れ落ち、そこからぽたぽたと床に散る。

「さあ、瑞紀様。中にあるものはここですべてお出しになって、すっきりなさってください。楓葉会《ふうようかい》には、どこもかしこも麗《うるお》しいお姿で出ていただきたいので」

「——ば、馬鹿、じゃ、ないかっ」

勃起したペニスの先で指サックが前後するつど膨らむ歓喜をどうにか抑えつけ、篠森は声を震わせる。

「そんな孔なんか、洗ったって、誰にも……、わから、な……い、のにっ」

「見えないところだからこそ、美しく磨《みが》かねばならないのです。それが真のプリンセスというものでございますよ、瑞紀様」

どこまで本気なのかわからない声を紡《つむ》いだ舌が、再び窄まりを突いた。

肉環がぬりりっと力強く貫かれ、熱くぬめるものに隘路《あいろ》が拓《ひら》かれる。

「――あああっ」

前方では淫液を撒《ま》き散《ち》らす秘唇を卑猥な突起物でくりくりとえぐられ、後方では肉筒を男の舌でぬめぬめと舐め突かれる。

「ひっ、あ、あ……。あっ、あっ、あっ、あっ！」

何かの生き物のようにくねくねとうねる舌に隘路を掻き回されるたび、頭の中まで一緒に攪《かく》拌《はん》されているような錯覚《さっかく》に囚《とら》われ、眦《まなじり》が熱く潤む。

「あぁっ。あっ、あ……っ、や、め……っ。舐、める……なっ。そんな……、突っこむなっ」

篠森は壁を引っ掻き、腰を揺すって悶《もだ》えた。

「ご辛抱《しんぼう》ください。これもシンデレラコースに含まれるサービスですので」

あやすふうに告げ、百合永はますます大きく舌を閃《ひらめ》かせた。唾液《だえき》を送りこまれてほぐれた肉が、ねろんねろんと激しく捏《こ》ね突《つ》かれる。

「ひうぅうっ」

前からも後ろからも、くちゅくちゅ、ぬちゅぬちゅと濫《みだ》りがわしい水音が響き、たまらなかった。限界を訴《うった》えるペニスが百合永の手の中でびくびくと跳ねている。

その動きの意味をわかっているはずなのに、百合永はふたつの孔への責め立てを緩《ゆる》めてくれず、もう立っているのも辛《つら》かった。

身体がずるずると崩れ落ちてゆき、篠森は咄嗟《とっさ》に浴槽《よくそう》のふちに摑まった。

自《おの》ずと腰の位置が高くなると同時に、舌がぬぐうぅっと侵入を深める。

「あっ、あぁんっ」

肉厚の舌でぐぽっと掘りこまれ、もうすっかり蕩《とろ》けていた媚肉《びにく》をじゅじゅうっと舐め啜《すす》られて、それ以上堪《こら》えることはできなかった。

篠森は息を詰めて背を強張《こわば》らせる。真っ赤に膨らんだペニスが大きく脈動して、弾《はじ》けた。

「あああぁっ……！」

蜜口《みつぐち》をいじっていた淫具を撥《は》ね飛《と》ばす勢いで噴き上がった精液が、浴槽の側面にびしゃっと張りつく。

「あっ、は……っ、ぁ……」

他人によって導かれた久方ぶりの絶頂が生む快感は強烈で、胸が大きく波打った。

呼吸が上手《うま》くできず、篠森は荒い息を繰り返す。

「前はすっきりされたようですね」

指と舌を離した男がやわらかい声で笑い、「こちらはどうなさいますか？」と臀部の薄い肉を揉《も》みしだく。

「ど、う……？」

「こちらは浅い場所しかお清めができておりませんので。奥までをご希望ですか？」

欲情のしたたる声だった。振り向いた篠森の視界に、いつの間にか隆々と聳《そび》え立《た》っていた雄《おす》が映る。太い血管が幾筋もぼこぼこと浮き上がっている幹はすでに溢れ出している先走りを纏い、ぬらぬらと赤黒く照り輝いていた。その根元では、陰嚢がずっしりとした質量を誇示《こじ》して重たげに垂れている。

初めて見るわけでもないのに、圧倒的なまでの長大さに篠森は喉を鳴らした。もはや凶器としか思えない形をした亀頭《きとう》の凶悪な張り出し具合と分厚さに、目眩《めまい》がした。

けれども同時に、男の舌で丹念にほぐされてぬかるみと化している秘所の肉がくちゅうっと疼《うず》いたのを感じた。

「……それ、は、未払いの情報料の足しになるのか？」

残念ながら、と首を振り、百合永はゆっくりと立ち上がる。

「こちらは、シンデレラコースのオプションサービスになりますので」

雄々しく脈動する怒張を指サックを嵌《は》めた手で扱《しご》く変態ウィザードが、澄ました顔で「いかがいたしましょう」と尋ねてくる。

「奥も、お洗いしますか？」

この上なく優雅なのに獣《けもの》のそれにしか聞こえない声に、ぞくぞくした。

支払いに関係のない挿入を嫌だとは思わず、むしろ望んでいる自分に篠森は戸惑った。

どう返せばいいのか迷い、けれども答えを出す前に濡れた蕾《つぼみ》がくちゅくちゅとわなないて、勝手に返事をしてしまう。ほんのひと月前まで性の悦《よろこ》びなど何も知らなかったはずの身体が、百合永にすっかり作り替えられてしまったのをはっきりと自覚し、篠森は苦笑した。

「あんたが始めたシンデレラごっこだろ。ついてるサービスはもったいつけずに、全部ちゃんと最後まで提供しろよ、変態ウィザード」

ただ欲しがるのは情けなくて、篠森はせめてもの強がりでふてぶてしいシンデレラを演じた。

「かしこまりました、シンデレラ」

恭《うやうや》しく言った百合永が赤黒い怒張の根元に右手を添えて、ぬるつく先端を篠森に向けた。

丸々とした亀頭から粘り気のある先走りを滴《したた》らせるさまが獲物に狙《ねら》いを定めた捕食者のように見え、腰を震わせた直後だった。

窄まりの表面をじゅっと灼《や》かれ、あまりの熱さに痙攣した襞《ひだ》を突き刺された。

「――ああああぁ！」

肉の環が強い力で引き伸ばされ、しとどに濡れた太い亀頭をずるっと呑みこまされた。

「あっ、は……っ、あっ、あっ……、あぁんっ」

雄々しく長い肉の杭が蕩けた媚肉《びにく》を潰して掻き分けながら、ぬううぅっとなめらかに侵入してくる。篠森はたまらず高い嬌声《きょうせい》を上げ、浴槽のふちにしがみついた。

隘路《あいろ》をみっしりと埋め尽くされてゆく圧迫感と快感に目眩を覚えたとき――。

「……っ、目眩のする、狭《せま》さ、ですね」

かすかに上擦《うわず》った声で自分と同じことを感じていると告げられ、百合永を咥《くわ》えこむ襞が震えた。まだ根元部分をかなり残している太い幹を内部へ誘うようなその蠢《うごめ》きに応えるように、百合永が一気に腰を突きこんだ。

「あひぃっ」

隘路の奥をいきなりずぶんっとえぐられた重い衝撃で、目の前が一瞬白くかすんだ。

「瑞紀様……」

どこかうっとりとした声で篠森を呼び、百合永は腰をさらに密着させてくる。

臀部で百合永の強い陰毛がざりざり擦れ、小刻みな腰の動きに合わせて男と繋《つな》がった孔からぬちぬちぐちぐちと肉と肉が絡み合う卑猥《ひわい》な水音が響く。

「あ、あ、あ……」

「私をすべて呑みこんでいるのがわかりますか？」

問いながら、百合永は結合部の捲り上げ、剝《む》き出《だ》しになった粘膜を指サックでこりこりといじる。

「んっ、う、ぅ……」

男に貫かれた場所から甘い痺れが全身に広がってゆく。射精したばかりのペニスが撓《しな》って弾力をはらみ、空で緩《ゆる》い弓形を描く。

「この素晴らしく官能的な光景を、瑞紀様にもご覧いただければいいのですが。瑞紀様の愛らしい下のお口は私を頬張って、はしたないお汁を垂らしていらっしゃいますよ」

ほら、と百合永は結合部のふちを指サックで擦る。シリコンの突起がぬるぬるとすべり、くちゅくちゅと粘りつく音が聞こえてきた。

その淫《みだ》らな感触と音に官能がさらに刺激されて、爪先が疼いた。

「……そ、それは、俺のじゃ、ないっ。あんたの、汁だ、ろ……っ」

「瑞紀様の中から出てきているのですから、瑞紀様のお汁も同然です」

常人には理解不能な言葉を返して笑った百合永の指が、臀部の割れ目をぬるりとすべる。

やわらかいのに硬いたくさんの突起に敏感な皮膚をなぞられ、びくびくと跳ね上がった腰の両脇を押さえつけられた。

これから開始されるだろう抜き挿《さ》しの激しさを予感させる、とても強い力だった。

もうすぐ、大きな快楽が自分の体内で花開く。そのことへの期待が肌を熱く炙《あぶ》ったのを感じた瞬間、長い肉茎がずるるるるっと引き出された。凄《すさ》まじい質量の異物がやわらかい内壁を削《けず》って抜け出る感覚に、篠森は腰を振り立てて悶《もだ》えた。

「あぁぁっ」

あまりに分厚い亀頭冠が肉環でぐしゅっと引っ掛かるや、再び荒々しく突《つ》き挿《い》れられ、内奥《ないおう》の柔壁《やわかべ》をずんっとえぐられる。

そして、想像した以上の猛々《たけだけ》しい律動が始まった。

撒き散らされた粘液を吸収してぬかるむ隘路を容赦《ようしゃ》なく掻き回され、じゅぼじゅぼと捏ね突かれ、その激しさにおののく粘膜を亀頭のふちでごりごりすり潰される。

「ひうぅ！」

猛烈な速度で出入りが繰り返されるたび、臀部を大きな陰嚢でびたんっびたんっと打擲《ちょうちゃく》され、波打つ下腹部では赤く膨らんだペニスが淫靡《いんび》に回転しながら透明な蜜を飛ばし、時折浴槽に当たって跳ね返ってくる。

そこかしこで鮮烈な快感が弾け、頭の中が煮え立つようだった。

「あっ、あっ……、あああぁっ」

太くて長くて硬くて熱い雄の楔《くさび》に狭い肉の路《みち》を突き刺され、掘りえぐられるのはたまらなかった。前からではなく背後からの、獣めいた体勢のせいか、燃え上がる愉悦の炎に背徳感も煽《あお》られて、どうしようもない気持ちのよさで息がとまりそうになる。

穿《うが》たれ続ける腰の奥で欲情が急速に膨張して滾《みなぎ》り、込み上げてくる。

「あ……っ、あぁ！　また、いく……っ。いきそ、う……！」

叫んで首を振った篠森の中で、百合永が抽挿《ちゅうそう》の速度を上げる。

腰から下が溶け落ちてしまうのではないかと思うほどの摩擦熱《まさつねつ》に、脳髄《のうずい》が灼かれた。

「あっ。百合永さん、百合永さ……、いく、いく、いく――っ！」

悲鳴を高く放ち、白濁《はくだく》をびゅるっと飛び散らせた篠森の背後で、男が低く呻《うめ》く。

極まった歓喜でぞろぞろと打ち震える媚肉を突き潰して侵入を深めた熱塊《ねっかい》が猛って太り、先端をぐぽぼっと伸ばしてくる。

「ひうっ」

たまらず逃げようとしたけれど脚に力が入らず、腰をわずかに揺することしかできなかった。

「――っ、瑞紀さま……っ」

情欲のしたたる声で篠森を呼んで、百合永は射精した。大量の精液がぶしゅうぅっと音が聞こえそうな勢いで放たれて逆巻き、蕩けきった粘膜をぞろんぞろんと舐《ねぶ》り叩いた。

「あ、あ、あ……、ぁ、は……、んっ」

体内で熱く渦巻《うずま》く歓喜に内腿をひくつかせて喘《あえ》いでいると、精を放ちきった男が篠森の中から抜け出ていった。

肉襞が内側から大きく捲り上げられる。亀頭に纏わりついたまま、ぬちゅうっと引《ひ》き摺《ず》り出された粘膜が弾き飛ばされ、甘美な痺れが背を駆ける。

「くっ、ふぅ……っ」

篠森は浴槽にもたれかかるようにして、ずるずると床に崩れ落ちた。荒い呼吸と共に、窄まりきらない後孔から放たれたばかりの精液がびゅぶっ、びゅぶぶっと飛び散る。

その恥ずかしい格好に困惑する間もなく、腰を引き上げられ、少しも容積を変えていない肉の棒を白濁まみれのそこへねじこまれた。

「ああっ」

奥から溢れてこぼれ落ちる精液を押し戻すかのような動きで、ずずっ、ずずっと突き掘られ、篠森は煩悶《はんもん》した。

「あ……っ。ま、また……っ、出す気、かよ……っ」

「いいえ。タンクトップのシンデレラに魔法を掛ける時間がそろそろ迫っておりますので、残念ながらそこまではいたしません。ただ、もう少しだけ、中にいさせてください」

苦笑した男が、背後から覆《おお》い被《かぶ》さってくる。

「麗《うるわ》しすぎる瑞紀様に私が魔法を掛けられ、離れがたくなってしまいました」

「……何だよ、それ」

百合永の言葉はやはり理解しがたいと篠森は思った。だが、拒まずに逞《たくま》しい雄をぎゅっと喰い締めた。——気持ちがいいと思ったから。

認めたくないけれど、同じ男に性器でもない場所をこうして貫かれ、ぐっしょりと濡らされることを、この身体は紛《まぎ》れもない快感だと捉《とら》えている。この関係はただの契約なのに、恋人でもない男とのセックスに自分はこんなにも深い快感を覚えてしまっている。

どうしようと戸惑いながら、篠森は甘美な快感に揺られた。

あとがき

AFTERWORD

―鳥谷しず―

読者の皆様は「ヒーローもの」という言葉を聞いて、最初に何を思い浮かべますか？　特撮《とくさつ》にもアニメにも格好いいヒーローはたくさんいますが、私の頭にぱっと浮かぶのは悪の秘密結社、その名も「死ね死ね団」であります。

若かりし頃、生協で青帯の岩波文庫を買い集め、キルケゴールやニーチェなんかが並ぶ自分の本棚をにやにや眺めて、眺めるだけで満足して結局一ページも読まずに卒業しちゃったりというなかなかに痛い学生だった私は、子供の頃からヒーローものや魔法少女ものを見ているときには必ず「悪の組織はなぜ、ヒーローの名乗りを最後まで聞いたり、魔法少女が変身し終わるまできちんと待ってる律義《りちぎ》な奴《やつ》らばかりなんだ！」と不満を抱《いだ》くひねくれ者でした。

そんなひねくれ者の子供にとって、律義すぎる悪の組織はわりとストレスだったりしました。なので、クラスで人気のヒーローものや魔法少女ものは大体2～3話くらいで「悪がぬるすぎる。けっ」というやさぐれた思いとともに脱落していました。

そして、最終回までちゃんと見たヒーローものがひとつもないまま大人になった私は、ある日、衝撃的な出会いを果たしました。あまりに昔のこと過ぎて経緯《けいい》はうろ覚えですが、先輩から、ひたすら「〇ね、〇ね」と繰り返しながらあいだにちょい日本（人）への悪態を挟《はさ》んでくる「死ね死ね団のテーマ」なるものの存在を教わってしまったのです。

　おお、これぞ悪の組織！　的なとても素敵にぶっ飛んだテーマ曲があるのに、やっぱり律義だったら悲しいのでこの秘密結社については歌詞以上のことを調べていませんが、とにかく私のひねくれ心は鷲掴《わしづか》みにされたのです。とは言え、私の心はねじれていても超チキンなので「死ね死ね団ラブ〜」とかオープンにする勇気はなく、ぶっ飛び秘密結社をひっそり崇《あが》めて幾星霜《いくせいそう》。私はついに、堂々と口にできるマイ・ヒーローに巡《めぐ》り会《あ》いました。

　カボチャパンツを穿《は》いたラブリーピンクなウサ○ミ仮面です！　愛と正義のヒーローなのに、やる気が一ミリもないところがたまりません。もう、心の底から痺《しび》れました。ついでに主人公・マイ○ロディの天然毒にもきゅんきゅんしました。そんなわけで、うさぎは一癖《ひとくせ》も二癖もあってこそ可愛《かわい》さ百倍！　な思いがどばっと迸《ほとばし》ってしまった今作は何と「以下、次巻」です。少し間が空《あ》いてしまって申し訳ありませんが、二巻が出るまでお待ちくださいませ。いや、待てぬ！　な方は、雑誌ではすでに完結しておりますので、小説ディアプラス二〇一八年のハル号とナツ号をお手に取っていただければと思います。

　素晴らしく悩殺的なイラストを描いてくださった小山田《おやまだ》あみ先生、小山田先生じゃないとやだやだやだと散々こねた駄々を聞いていただいた担当様はじめ今作に関わってくださった皆様、そしてご購入いただいた皆様に心よりの感謝を！　本当に本当にありがとうございます！

　完結篇の二巻もどうぞよろしくお願いします！

この本を読んでのご意見、ご感想などをお寄せください。

鳥谷しず先生・小山田あみ先生へのはげましのおたよりもお待ちしております。

〒113-0024　東京都文京区西片2-19-18　新書館
[編集部へのご意見・ご感想] ディアプラス編集部「捜査官は愛を乞う」係
[先生方へのおたより] ディアプラス編集部気付　〇〇先生

-初出-
捜査官は愛を乞う：小説DEAR+17年アキ号（vol.63）「捜査官は愛を乞う」、
18年フユ号（vol.64）「捜査官は愛に迷う」を統合、加筆
お手をどうぞ、シンデレラ：書き下ろし

[そうさかんはあいをこう]
捜査官は愛を乞う

著者：鳥谷しず　とりたに・しず

初版発行：2018年8月25日

発行所：株式会社 新書館
[編集] 〒113-0024
東京都文京区西片2-19-18　電話（03）3811-2631
[営業] 〒174-0043
東京都板橋区坂下1-22-14　電話（03）5970-3840
[URL] https://www.shinshokan.co.jp/

印刷・製本：株式会社光邦

ISBN978-4-403-52459-2 ©Shizu TORITANI 2018 Printed in Japan

定価はカバーに表示してあります。乱丁・落丁本はお取替え致します。

無断転載・複製・アップロード・上映・上演・放送・商品化を禁じます。

この作品はフィクションです。実在の人物・団体・事件などにはいっさい関係ありません。

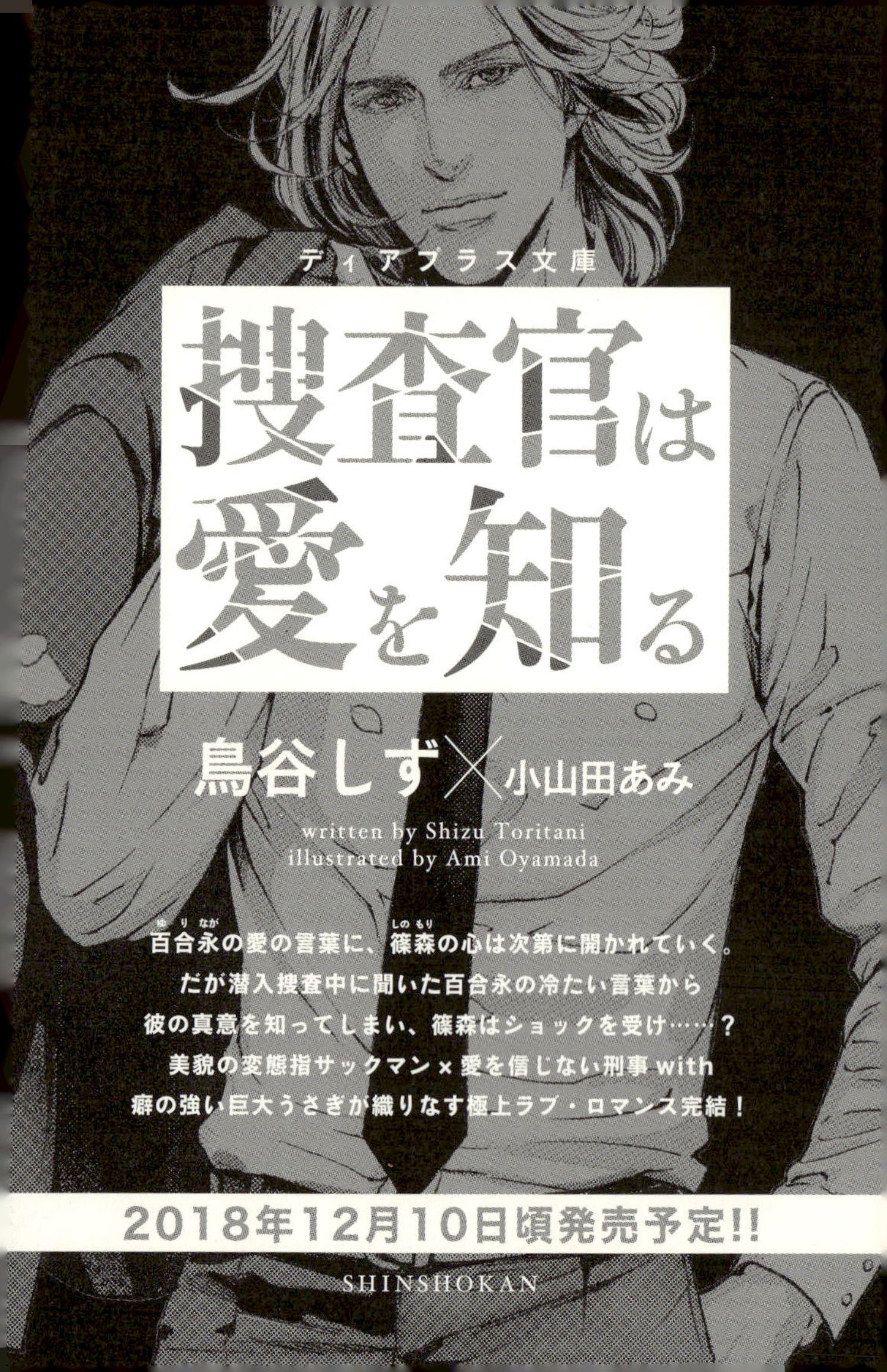
ディアプラス文庫
捜査官は愛を知る
鳥谷しず×小山田あみ
written by Shizu Toritani
illustrated by Ami Oyamada
百合永《ゆりなが》の愛の言葉に、篠森《しのもり》の心は次第に開かれていく。
だが潜入捜査中に聞いた百合永の冷たい言葉から
彼の真意を知ってしまい、篠森はショックを受け……？
美貌の変態指サックマン×愛を信じない刑事 with
癖の強い巨大うさぎが織りなす極上ラブ・ロマンス完結！
2018年12月10日頃発売予定!!
SHINSHOKAN